異世界チート魔術師《マジシャン》
Isekai Cheat Magician
太一は顎《あご》の
拳を突き上
「これで
終わりだ!」
15
Takeru Uchida
内田 健
illustration
Nardack

「行くわよリン」
「うん」
凛とミューラは
火球を両手に生み出す。

「足りないわ」
アンテは腕を組んで不満そうに眉をひそめた。

アルセナの大司教としての言葉に、
聖騎士たちもうなずく。

「まあまあだな、悪くねえぜ」
サラマンダーの言葉は本心からだ。

レミーアが背後で目を光らせている。
ミューラが一気に飛び出した。
三人がかりでやっと張り合えて、
一対一では勝てないくらいに強いアンテ……。

ふと放たれた氷の剣。
無言のまま、凛が杖をアンテに向けて撃った。
アンテはそれを酸で受け止め。
再び接近を開始したミューラを迎え撃つ。
「その通りよ！
そうでなくてはね！」

異世界チート魔術師《マジシャン》 15

Isekai Cheat Magician

Introduction

聖都がドームに包まれて…

紫色のドームに包まれてしまった
聖都ギルグラッドに到着した凛、ミューラ、レミーア。
不気味な静けさと異様な雰囲気の中で、
聖騎士団と協力して街の調査を開始する。
老夫婦の変死事件、スラムでの対立への介入……。
調査を続けていると、一人の美女が接触してきた。
精霊魔術師となった凛とミューラでも、
一対一では勝てないであろう強敵。
一方、太一はサラマンダーから
課される試練が佳境を迎え、
ついに最終試練までたどり着いていた。
その最終試練は、聖都ギルグラッドにおける
事件を解決しようと奮闘している
凛、ミューラ、レミーアの助けになるものだという。
最終試練だけあって達成の条件もかなり厳しい。
ここまできてやり直しはしていられない。
とっとと片付けて凛たちの助けに行かなければと
誓う太一であったが——。

異世界チート魔術師《マジシャン》 15

内田 健

ヒーロー文庫

CONTENTS

異世界チート魔術師《マジシャン》 15

Isekai Cheat Magician

illustration Nardack

イラスト／Nardack
装丁・本文デザイン／5GAS DESIGN STUDIO
校正／有園香苗（東京出版サービスセンター）
DTP／伊大知桂子（主婦の友社）

この物語は、小説投稿サイト「小説家になろう」で
発表された同名作品に、書籍化にあたって
大幅に加筆修正を加えたフィクションです。
実在の人物・団体等とは関係ありません。

第二十九章　聖都ギルグラッド占拠事件

第九十一話　聖都ギルグラッドの結界

衛星都市パリストール、目抜き通りの途中にある、街を代表するもっとも大きな広場。

そこには、魔物の襲撃による被害の回復のための臨時本部が設置されていた。

吾妻凛《あづまりん》は、復興と救済が行われている街を眺めた。

怪我《けが》人を治療したり、破壊された建物を片付ける活動が精力的に行われている。

聞く限りではかなりの人が魔物の犠牲になってしまったようだ。

さすがにパリストールの人口半減とまではいかないが、それでも二割以上の人が亡くなったのは間違いなさそうだ。

具体的な被害は、状況がひと段落してから行政が詳細を調べることだろう。

危機は去った、と言えるだろう。

「紫の結界もなくなったし……でも」

けれど。

街を立て直そうとする彼ら彼女らの表情は決して明るいものではなかった。

その理由は歴然としている。

凛は遠くの空を見つめた。

青空の先、見覚えのある紫色が混じりあっている境界が見える。

方角はクエルタ聖教国の中心地、聖都ギルグラッド。

この国のまさに中心が、パリストールと同じことになっている可能性があるのだ。

まだギルグラッドがそうなっていると決まったわけではない。

決まったわけではないが、ギルグラッドという線が濃厚である。

パリストールとギルグラッドの間にもいくつか人が住む街はあるが、どれもパリストールの半分にも満たない規模であり、これだけの罠《わな》を仕掛けるには費用対効果が釣り合わない。

凛は視線を本部の中に戻した。

そこでは、街の役人数名とシャルロット、テスラン、アルセナが会議を行っている。

領主の役目を果たしていたジョバンニを捕縛したことで、パリストールの執政を司る者がいなくなってしまったのだ。

それについての引継ぎを行っているのだ。

「彼らも戸惑ってるわね」

「仕方ないよね。領主が街を襲って、その尻ぬぐいってことだし」

「時間がかかれば、そのしわ寄せが行くのは民なのだし、優秀ということよね」

街がめちゃくちゃになった。

違う。

街をめちゃくちゃにした。ジョバンニが。

その事実を、シャルロットはもちろん知っている。

役人たちはそれを直に見たわけではない。

現場を押さえたわけではない。

彼らを強制的に納得させたのは、犯人のジョバンニ当人であった。

捕らえられたジョバンニは一切の偽りを口にしなかった。

役人たちにとってはまさに青天のへきれきといったところだろう。

しかしそれで呆然と立ち尽くさなかったところに、役人たちの優秀さが表れている。

街に起きた大事件を真摯《しんし》に受け止めて、どうするかに目を向けていた。

切り替えができているかは分からないが、彼らは前を向いている。

それはレミーアたちにとってもありがたいことだった。

しばらくして、説明を終えたシャルロットが戻ってきた。

「お待たせしました」

王族であり、この場はもとより、クエルタ聖教国でも教皇に近い扱いをされて当たり前、という程度には抜きん出て地位が高いシャルロット。

エリスティン魔法王国として状況の説明をするのに、彼女が責任を持つために同席するのは当然だった。

　実際に詳細を説明したのはテスランだったが、彼の発言はシャルロットの責任のもとで行われた、ということを示すための同席である。

　説明もかなり性急になってしまったものの、それも仕方のないことだった。

「もう良いのか？」

「ええ。伝えるべきことは伝えました。後は、この街の人々にがんばってもらわなければ」

「……よくお分かりになりましたね」

「不本意そうだな」

「私に隠したくば、表情だけでなく雰囲気も鍛えるんだな」

「やはりかないません」

　レミーアの指摘通り、不本意そうなシャルロットは苦笑した。

　彼女としては、ここで傷ついた民を放っておきたくはないのだろう。

　騎士は、戦闘力ももちろんだが、災害時の人命救助に関する知識と技術も持っている。

　戦闘や治安維持、災害救助などの有事には命の危険を顧みず任務に従事することが決められているからこその、平時における厚待遇なのだから。

魔物襲撃という災害に見舞われたパリストールで、その知識と技術を有効に活用したい。

今はそれが叶わないからこそ、だろう。

「……みなまで言わずとも、承知しております」

「そうか？」

レミーアの言葉に、シャルロットはうなずいてテスランに目配せした。

彼は委細承知しているとばかりに一礼すると部下を走らせる。

すると、近場に待機していた馬車がこちらにやってきた。

シャルロットがクエルタ聖教国で使用した馬車と馬たちだ。

合計三台で来たのだが、襲撃によって一台被害を受け、四頭の馬が犠牲になってしまった。

とはいえ、騎士は馬に被害が出た場合の対処も叩き込まれているので問題はない。

「準備は出来ておりますので」

「それは重畳」

これから急ぎギルグラッドに向かわねばならない。

パリストールで起きたこの事件が太一《たいち》や凛を狙ったものだと分かっている以上、ギルグラッドに向かうのも必然だった。

シャルロットとアルセナ、その護衛のテスランが素早く馬車に乗り込む。同じ馬車に凛、ミューラ、レミーアも乗った。

もう一台は騎士たちが多目的に利用する馬車で、残りの騎士は馬に乗って進んでいく形になる。

乗り込むのが最後に行う準備だったようで、馬車は即座に出発した。

向かう先は空の向こうに見える紫色の膜。

パリストールよりもはるかに規模が大きなそれだ。であれば、対象はおそらくギルグラッド。

実際に見るまでは確定できないが、方角的にもほぼ間違いはないだろう。

「太一は……」

「試練を課されているのかしらね?」

「おそらくはな」

「サラマンダー……」

エレメンタル、四大精霊。火のサラマンダー。

クエルタ聖教国に来た理由は、太一がサラマンダーと契約すること。

当初理由の八割はそれだった。

シャルロットなどはそれに付随して「教皇と顔を合わせる」というのも重要な目的とし

て存在し、それはすでに達成されていたりするが、太一の目的に比べたら主要ではなかった。

もちろん、旅のさなかに目的が新たに生じることもあるが、些細なことで終わる……はずだった。

今や、太一がサラマンダーと契約する、という大目標に迫るか同等レベルの目的が生じていた。

「やつならギルグラッドにもすぐに着くだろう」

街道に出ると、馬車はやおら速度を上げた。

馬の蹄《ひづめ》が土を蹴る音がして、車輪が砂煙を巻き上げる。

普通なら速度を上げたなりに乗り心地もスポイルされるものだが、さすがに王族が使う馬車である。この速度でもかなり乗り心地が良い。

一般の馬車では出ない速度で走っているが、それでも所詮は馬車なので限界はある。

王族が使う世界最上級の馬車で所詮といえてしまう理由は、比較対象が太一の飛行速度だからだ。

今から馬の限界ギリギリまで飛ばし、数時間かけてギルグラッドに向かう自分たちに比べればそれこそ一瞬だろう。

もちろん、凛、ミューラ、レミーアの三人で飛ばせば馬車よりも高速でギルグラッドに向かうことができる。

ただ、それはシャルロットを置き去りにするのと同義だ。

どこに敵が潜んでいるのか分からない現状で、シャルロットをここに置いていくことはできない。

ジョバンニが仕掛けてきた罠《わな》だけが敵の手札である。

根拠をもってそう断言できる者はどこにもいない。

「周辺の様子はどうだ？」

レミーアが凛とミューラに問いかける。

「何もいません」

「こちらも何も感じないです」

「そうか、私も同じだ」

何者かが潜んでいないか、それを探し続けながら進む。

油断したところを襲われるわけにはいかない。

クエルタ聖教国は友好国だが、今現在、ここは敵地である。

緊張感を保ちつつ進んでいく必要があった。

クエルタ聖教国を守れるかどうかの瀬戸際だ。

シャルロットはいう。

未来のことを考えると、今ここでクエルタ聖教国を失うのは非常に大きな痛手であると。

政治に詳しくなくともわかる。

レージャ教の影響力を考えれば、その総本山が崩壊することがどれだけのダメージになるかは。

この戦いは、世界をかけたものなのだ。

思いもよらぬ危機だが、非常事態は常に準備万端で迎えられるものではない。

すでに起きてしまっているのだ。

それを嘆いていて誰かが助けてくれるならいいが、これはそういう問題ではない。

できることから、目の前のことから一つずつ取り組むしかないのである。

◇◆◇◆◇◆◇◆

クエルタ聖教国の聖都ギルグラッドは世界有数の都市だ。

世界有数とは言うものの三大大国の首都と比べたら、大きさはさすがに劣る。

しかしそれは、三大大国の首都が異常な大きさなだけで、ギルグラッドが小さいわけではないし、そもそも比較するのが間違っている。

三大大国の首都の比較は三大大国のみを対象に行うべきであって、他の国を対象にするものではない。

「ふむ、どうやら無事にできたようですね」

広大な聖都が、紫色の膜に完全に覆われている。

さすがにギルグラッドを支配下に置くには相応の時間がかかっている。

衛星都市としてクエルタ聖教国内では比較的大きいパリストールだが、ギルグラッドよりもはるかに小さい。

ギルグラッド全体ともなれば時間がかかってしまうのは当然のこと。

完全にではないが、主要部分を支配下に置いたからこそ、満を持して結界を張ったのだ。

多少のずれはあるものの、ほぼ計画通り、であった。

このくらいのずれならば支障はほぼない。

むしろすべてが事前に決めたタイムスケジュール通りに進むなどありえないという前提だった。

そういう前提の上に立っていれば、整わない状況に動じることもない。

術式の様子を陣を通して観察していたマルチェロは、計画が順調に進行していることを確認し、その特徴のない顔に特徴のない笑みを浮かべた。

「ジョバンニ大司教は役目を果たされたようですね」

さすがにパリストールでの顛末《てんまつ》までリアルタイムで分かるわけではない。

しかし、ここまで妨害がなかったということは。

ジョバンニが、無事に囮《おとり》の役割を務め切ったということだ。

彼が役目を果たせなかったなら、今頃ここも穏やかではなかっただろう。

発動前に潰されるという結果をもっとも恐れていたからこそ、そうならないよう細心の注意を払っていた。

ジョバンニは囮だったとはいえ、彼とて倒されること前提だったわけではない。

自分で片をつけるつもりだったに違いない。

「まあ、そろそろ叩き潰されている頃でしょうね」

陣のそばにある椅子に腰かけ、水をあおるマルチェロ。

ジョバンニは盤石のつもりで準備をしていた。

彼は全力だった。

間違いはない。

その点において、マルチェロはジョバンニを疑ったことは一度もない。

しかし。

勝てるわけがないと、マルチェロは分かっていた。

何せ、彼は知らないままだったのだ。

太一たちのパワーアップを。

「あれは囮として十分な結果を残したようね」

マルチェロがいる場所は隠し部屋だ。それも厳重な警備と隠蔽《いんぺい》を施している。

この場所を知っているのはごく一部。特に近い部下でさえも、選んで知らせているほどである。

そこに入ってきたことと、その気安い口調からして、マルチェロとある程度の関係が構築されていることがうかがえた。

「おや、アンテさん」

椅子に座っているマルチェロを見下ろすのは長身の女性。

濃い緑色の長髪をなびかせ、全身を堅固な鎧《よろい》で覆う戦士然とした美女だった。

背中に背負う身の丈ほどのメイスが、ろうそくの光を受けて鈍く輝く。

「もう食事はよろしいのですか？」

「足りないわ」

アンテは腕を組んで不満そうに眉をひそめた。

「まさか、もう全部？」

「あの量なら、ちょっと重めの間食ってところかしら」

「これからが本番です。これを無事成しとげた暁には、いかようにも便宜を図りますので」

「もちろん分かっているわ。わらわがここに派遣された意味は、ね」

「かしこまりました。そのように手配しましょう。ですが……」

「今日は初日ということで目をつむってあげるから、一日二〇人は用意してちょうだい」

「まいりましたね、五人いたんですが……」

「その言葉に嘘はないと信じるわ」

「心強いお言葉ありがとうございます」

「まずは、お前がしっかりやりなさい。そうしたら、わらわの力を貸しましょう」

「無論です。必ずやアンテさんのお力を借りられるよう努力いたしますとも」

「ええ、期待しているわ」

マルチェロの言葉に満足したのか、アンテは踵《きびす》を返す。

「どちらに？」

「時間が来るまで寝るわ。用ができたら起こしなさい」

「承知しました」

マルチェロの方を一瞥すらせずに、アンテは隠し部屋を出ていった。

その足音が遠ざかっていき、やがて聞こえなくなってから、マルチェロは小さく息を吐いた。

アンテは人の形をしているが、その存在感や圧力はドラゴンを前にしているかのようなのだ。

表情には表れていないので気にしていないようにしか見えないが、マルチェロとて緊張しないわけではない。

「まずは自分の仕事を精一杯やらないといけませんね」

仕損じてアンテの機嫌を損ねれば、マルチェロの命はない。

多少しくじってもアンテが仕事をしてくれる状況を作り上げれば問題がないのは分かっている。

彼女は彼女よりも上の命令によりここに来ている。

なのでアンテとしてはマルチェロに協力するのが筋……となるだろう。一般論では。

しかしこの場ではマルチェロよりもアンテの方が立場は圧倒的に上。

工作員としてはそれなりの地位にいるマルチェロだが、アンテは五人といない虎の子の一人なのだ。

協力する価値を感じなかったと現場判断をした、と報告されてしまえば終わりなのだから。

だからこそ些細なミスが積みあがるのは避けなければならない。

何がどう波及するか分からない。それが肝心なところで影響しては目も当てられない。

アンテが派遣されたことは破格の待遇だ。

彼女ほどの実力者をこちらによこしてしまうと、当局にとっても必ず痛手になってしまうに違いないからだ。

別にマルチェロは自分の命に固執しているわけではないが、これだけ大きな仕事を任されておいて、大した結果も出せずに失敗するというのだけは避けたかった。

「さて、やりましょう」

できることは限られている。

自分の目の前のことにひとつずつ取り組んでいくしかないのだ。

マルチェロは天才でもないし、圧倒的強者として目の前のことを力ずくでねじ伏せるようなことができるわけでもない。

普通の人間の枠に収まる者は、その手を伸ばせる範囲内でやるべきことをやるしかないのだ。

◇◆◇◆◇◆◇◆

これまでの動向を見守っていたシェイドは満足そうに映像を眺めていた。

ここまでは想定通りの展開だ。
こうなるだろうな、と予測した通りに事が進んでいる。
前哨戦《ぜんしょう》はほぼ完勝である。
「これくらいは乗り越えてもらわないと」
とはいえ、本番はこれからだ。
聖都で行われるであろう戦い。
ここにはセルティアからの強い駒が来ている。
凛、ミューラ、レミーアよりもかなり強い実力の持ち主。それがアンテという女だ。
正直三人では勝ち目は薄い。
が、ないわけではない。
だからこそこうして役割分担をしたのだ。
凛たちはシェイドが理をいじくってまで力を与えた。
ここで無駄死にさせる理由はない。
そう、どうあっても勝てないことが分かっていたら、太一の行動を制限しなかった。
そして試練にならないことが分かっていたなら、もはや敵を泳がせている意味はない。
アルガティを遣わせ、太一と二人で蹂躙《じゅうりん》させた。
所詮その程度の価値でしかない。

「彼女たちにはきっと厳しい山になるだろう」

「そうですな、そしてそれは今後も？」

「もちろんだよ。彼女たちには戦力になってほしいし、死なせたくはないからね」

どうあっても犠牲をなくそう、といった夢見がちなことを言うつもりはない。

しかし、それと「死なせてもいい」とはイコールではない。

死ななくて済むならそうするし、そのために打てる手があるならば惜しむ気はない。

特に、今後シェイドにとって大きな戦力になるならなおさらだ。

「彼の心へのダメージは避けたいところだからね」

「それがよろしいかと」

太一はシェイドにとっての最大戦力のひとつとして期待されている。

「とはいえ、このままでは無謀な戦いになってしまう。無茶と無謀は違うんだけどね、アルガティ？」

「はっ。シェイド様の御心のままに」

「そう、準備ができているならそれでいいよ」

バックアップは十分にする。

死なせるつもりはない、と口で言うだけではない。

そこに、行動が伴わなければ。

アルガティが動くなら、勝ち目はさらに増えるだろう。

一から十までおぜん立てして、縛り付けた相手に魔術をぶつければ勝てる、というような甘やかしをするつもりはないが。

……とはいえ。

「レージャ教の力が必要以上に削がれるのもうまくはないよ」

「はっ。承知しております」

「うん」

レージャ教は重要度が高い組織だ。

そこに潜り込んでいるシロアリを退治する、という話なのだ。

むしろ来るときに備えて力を蓄えてもらわねば困る。大事な戦力の一つなのだから。

ここでレージャ教、ひいてはクエルタ聖教国に大きなダメージが入ってしまうと、戦うどころの話ではなくなってしまう。

膿《うみ》だけを搾りだし、シロアリだけを駆除する。至上命題、とまでは言わないが、そうなった方が望ましい。

シェイドはもちろんだが、様々な仕事を抱えるアルガティにとってもだ。実際に尻をぬぐうのは彼なのだから。

「では早速行ってまいります」

「うん、任せたよ」

最大限の礼をシェイドに対してとってから、アルガティは出ていった。

「ふふ、君たちに与えた力はその程度じゃない。もっともっと、頼もしい姿を見せてほしいものだね」

凛たちの試練はこれからだ。

戦力になってもらって、生き残ってもらう。

そのためには強くなるのが一番だ。

強さこそ、生き残る可能性を上げるもの。

世界の管理者であるシェイドのえこひいきだが、当然のことだ。

勝たなければならない。

世界を守るために。

そのためなら、不公平不平等だろうと、何でもするのだから。

◇◆◇◆◇◆◇◆

「殿下。後少しで到着いたします」

御者から状況を確認した騎士から報告を受けたアルセナが、シャルロットに伝える。

「そう。順調なようですね」

馬をつぶすのを覚悟で走ったため、ここまでは数時間で到達している。

途中でつぶさない最低限の休憩しか行っていない。

体力を回復するための魔法薬も惜しみなく投じた。

「後少しのようです」

聖都までたどり着いて覚えた違和感。

それは凜たちのうち、一人だけが感じたものではなかった。

馬車の車窓から進行方向を見ると、地平線の向こうに、かすかにギルグラッドの外壁が見える。

遠くから見た限りでは、パリストールで見たものとそう変化はない。

しかし、それはあくまでもそれは遠目に見た場合のことだった。

「……妙ですね」

「ああ」

街の近くまで来たところで、ミューラとレミーアが違和感を訴えた。

「ええ、確かに妙です」

騎士もそれに同意し、凜もまたうなずいた。

パリストールと明確に違うことがあったのだ。

「……静かすぎます」

「その通りだ。悲鳴も、魔物のうなり声も、戦う音さえも聞こえん」

パリストールは結界が広がって少ししたら魔物たちが現れて地獄絵図に変わった。

凛たちはすぐに連戦に次ぐ連戦を行うことになったのだ。

だが聖都ギルグラッドでは、結界が広がってだいぶ経っているはずだ。

パリストールにいる時点で紫色の結界が広がったのを確認している。

急いでやってはきたものの、さすがに半日以上が経過してしまっていた。

だというのに、争いの気配を感じないのだ。

そもそも攻撃がされた感じでもない。

すでに攻撃が終わって大ダメージを受けた後、という感じでもない。

そんな考察をしているうちに馬車は聖都ギルグラッドに入った。

先日ここにたどり着いたときは、正門に敷かれていた厳重な警備がかなり薄くなっていた。

呼び止められはしたものの、チェックは最低限。

こちらのことを知っていたのか、特に高ランク冒険者である凛やミューラ、魔術の権威である『落葉の魔術師』、そして第一王女シャルロットに大司教を中心に騎士を引き連れた一行だ。

この異常事態に、優れた戦力は少しでも多いにこしたことはない。

それが他国の人間であり、借りを作ることになったとしてもだ。

街中に入ってしばらく進んでも、破壊されている建物はなく傷ついている人々もいない。

さすがに出歩いている人は少なく、外にいる数少ない市民たちの顔は一様に戸惑いと不安に覆われており、巡回する聖騎士の数が増えていて物々しさがあるが。

目抜き通りをまっすぐ進み、大聖堂に到着する。

「……むう、やはり入れんか」

領主の館の敷地に放った小石が撃ち落とされたのを見て、レミーアは軽く後頭部をかいた。

パリストールの領主の館と同様の理由だ。

防衛装置がここにも設置されていた。

「我々も手をこまねいているのです」

聖騎士たちもほとほと困り果てている。

彼らが言うには、この中にはペドロ教皇がいる。

窓から姿が見えたので間違いないらしい。

しかし入ることはもちろん、出ることもできないことから、監禁されている状態とのことだ。

姿は見ることはできるが、中に声は届かないそうだ。

中にいる衛兵や従者と話そうとしたが、お互い声を掛け合っているのは間違いないものの、声は音として届かなかったという証言があった。

これはパリストールでも同様だったのか、それともここだけのことなのか。

パリストールでは結界の向こうに人がいなかったので確かめる術はない。

「そちらの代表はどなたですか？」

聖騎士に対しては、大司教であるアルセナの言葉は非常によくとおった。

「私がこの隊を指揮しております、大司教アルセナ殿」

大司教に、聖騎士への命令権などは存在しない。

とはいえ、無視もできないし、この非常事態だ。

レージャ教内で大きな発言権を持つ大司教の言葉は、彼らを動かす十分な理由になりえた。

「私たちはパリストールから戻ってまいりました。そちらでの話をしたいので、どこかふさわしい場所はございますか？」

もちろん報告の話を聞くため、というのもあるし、アルセナの後ろにはシャルロットもいる。

話を聞くにしても、シャルロットを立たせたまま、こんな外で、などありえない。

二重の意味で、アルセナの言葉を聞き入れない理由は、聖騎士隊隊長にはないのだった。

聖騎士たちに案内されたのは、聖騎士団が保有する基地内の大会議場である。

応対するのは第三騎士団の団長と副団長、それから各隊隊長だ。

大聖堂にほど近いところに拠点が用意されていたため、さほど時間もかからずに到着できた。

第三騎士団は主に聖都の巡回及び治安維持を行う隊だそうだ。

シャルロットは上等な椅子に案内され、凜たちとアルセナが聖騎士たちと相対することに。

凜たちとは時に気安く話すこともあるので勘違いしがちだが、基本的にシャルロットのような高貴な血筋の者は前に出ないのが慣例である。

これが普通であり、凜、ミューラ、レミーアをどれだけ重要視しているか、ということだ。

「パリストールから来られたとのことですが……」

皆の前で話を聞くのは第三騎士団団長。

大司教と同等の権威を持っているが、もちろん大司教を蔑《ないがし》ろにしていい地位ではない。

故にアルセナの前で彼は礼節をもって接している。

それ以上にシャルロットの目がある以上、上からの接し方などできないのだが。

……というのは、平時での話。

現在は緊急事態である。

さすがにそこを弁えられない者に団長は務まらないし、それは大司教も同様だ。

パリストールでの出来事を説明するアルセナを見ながら、凛はそんなことを考えていた。

「なるほど、君たちが魔物の討伐を行ったと」

「はい、そうですね」

そう尋ねてきた団長の目はやや懐疑的だ。

これは凛たちに隔意があるわけではなく、アルセナの言葉を素直に信じるにはあまりに突飛すぎる、といったところか。

当然だろう。

自分が当事者だから疑問には思わないが、これが他人から突然聞かされれば信じられないのも無理はない。

「ふうむ、いや、疑っているわけではないが……」

仮にもAランク冒険者の言葉だ。

Aランク冒険者は王侯貴族でさえ一目置く存在である。

それゆえに発言力があり、発言自体にも一定の説得力や影響力があるため、下手なことは言えないのがAランク。

その凛が同意したのだが、それでも、という団長の様子。

むしろそれでよかった。

疑り深いということは、つまり慎重である、という見方もできるからだ。

とはいえ……。

「信じられずとも当然。しかし、我々の言葉を嘘と断じて切り捨てることだけはするな」

鋭く切り込んだレミーア。

その目は真剣そのものであり、団長は一瞬たじろいでいた。

そこはレミーアの経験からくる貫録勝ちといったところで、むしろ一瞬で済んだ団長の胆力をほめてもいいだろう。

「……承知した。心しておこう」

簡単には信じてもらえないことは想定していたので問題はないが、嘘と断じられるのは問題がある。

彼らを無駄死にさせるわけにはいかないのだ。

今後この街で起こりうるだろう魔物の襲撃。

今はまだ起こっていないということだが、今後起こる可能性は十分にある。

こうして結界に覆われてから数時間が経過してなお魔物が出てきていないので、また別の手段で来るのかもしれない。

もしくはこちらの警戒心が緩むまで待ち、時間差で魔物を登場させて被害を増やそうと画策しているのかもしれない。

人間、ずっと張り詰めてはいられない。

どこかで必ず緊張の糸は切れてしまう。

それは鍛え上げられた騎士もそうだし、凛、ミューラはもちろん、レミーアとて例外ではない。

そういう意味では、待つ側は後手に回っていると言ってもいい。

敵が動かないのならば、こちらから動く必要があるだろう。

「やはりこちらから動く必要があるか」

「気が抜ける瞬間は必ずありますからね」

「うむ」

レミーアとミューラの言葉はその通りである。

いつ来るかも分からない敵の攻撃を待ち続けるのは非常にしんどい。

それは凛もだし、話し合いをしている騎士団長も十分に理解できた。

「……魔物が出る可能性はあるのだな？」

「ええ、間違いないわ。ただ……」

「ここでは別の手を使ってくるかもしれない、ということか」

「そうですね」

自分が敵の立場であったなら。

騎士団長はそう考えて納得した。

同じ手を使わない、という選択肢は当然として存在する。

また、相手が「同じ手は使ってこないだろう」と考えることを見越して、あえて同じ手をもう一度使うという選択肢もある。

敵の出方はいくらでも考えられる。

待ち続けるだけでは苦痛だ。

「確かに……私が信じられるか信じられないかは横に置いて、動ける者で動くべきではあるな」

「話が早くて助かる」

凛たちの援護射撃を受けるため黙っていたアルセナは、一旦ここで話を区切るために引き取った。

「ひとまず本日は顔合わせということで、明日以降本格的にお話をいたしましょう」

「……承知しました。悠長にはしておれませんが」

「ええ。かといって焦ってもどうしようもありません。警戒する必要はありますが」

「その通りです。我々は連絡が取れる騎士団とも連携し、聖都の警戒にあたります」

「お願いします。それで、我々が休める場所を教えていただけるとありがたいのですが
……」

「それはもちろんです。殿下に快適にお過ごしいただける場所をご案内いたします」

「頼みますね」

この非常事態だ。

飛び込みでも泊めてくれる宿はあるだろうが、聖騎士の紹介があった方がより確実である。

すべては明日以降。

そして、動ける身体を保つためには、休息は必須である。

◇◆◇◆◇◆◇◆

大丈夫なのだろうか——
パリストールに続いて聖都に現れた結界を見た、太一の感想である。

現在彼は、サラマンダーからの指示で両手に生み出した炎を球体にして温度を一定に保つ、といった作業をしながら休憩をしていた。

そう、休憩中である。

この程度のことは、修行とも訓練ともいえないレベルのことでしかないので、休憩中に遊び感覚でできて当然、というのがサラマンダーの主張。

太一もそれに全面的に同意したので、休憩の時間に行っているというわけだ。

そして、いやだからこそ、聖都ギルグラッドのことに想いを馳せているというわけだ。

サラマンダーが課すレベルアップのための訓練、修行では、他のことを考える余裕は全くない。

休憩中だからこそできることなわけだ。

「ギルグラッドじゃあ、まだ何も起きてないんだよな」

「ああ。お前の仲間はさっき着いたけど、戦闘は起きてないな」

「そうか……」

妙な話だ。

パリストールでは即、と言ってもいい速度で事態が変化し、凛、ミューラ、レミーアは連戦に身を投じることになった。

だがギルグラッドでは魔物の襲撃どころか出現すらしていないのだという。

どうやら敵は手段を変えてきた模様。

変えることができることが分かった。

恐らく凛たちも同じことを考えただろう。

一度敵に見せた手を、何の工夫もなしに再利用はできない。

リサイクルするなら、何かしらの罠《わな》を同時に仕掛けたりするなどして、全く同じ手にはしない。

もっと良いのは、まだ見せていない策を用いて、敵に「初見状態」を強いることだ。

同じ手を使ってくるのか使ってこないのか。

相手がどう出るかを考えるのも重要だし、相手に読まれていることを加味したうえで行動することも大事だ。

「まあ、向こうのことについては心配するな」

サラマンダーが燃えるような真っ赤な髪をくるくるといじっている。

暇な時の手慰みのクセらしかった。

「……いいんだな？」

「ああ。詳細は聞いていないが、何も手を打っていないわけじゃないらしいからな」

「……」

アルガティあたりが動くのだろう。

具体的にどんなヘルプを受けられるかは分からないが、凛たちが負けないように何かしらの支援があるようだ。

ただ勝つだけなら、サラマンダーの修行を中断させて太一が現地に向かえばいい。

もっと極端なことを言ってしまえば、今日に至るまで敵を泳がせずに、小さな芽だった時にアルガティが処理してしまえば良かった。

そうしなかったところに理由があるのだろう。

こうして敵の企みを表に出させたうえで叩き潰すことに。

はたしてどんな理由かは分からないが。

回りくどくも理不尽にも感じたりするし、文句の一つも言いたくはなる。

しかし仮に文句を言っても、聞いてはくれるが聞き入れてはくれまい。

シェイドはその程度では揺るがない。

ならば、利用するくらいでちょうどいいのだ。

それで溜飲が下がる、とまではいかないが、その方がまだ精神衛生上いい。

もっとも、そういった思考さえもシェイドには筒抜けだろうから、気が晴れる、とまではいかないが。

「今回もお前にはやってもらうことがあるから待ってろ」

「さっきの狙撃みたいな？」

「ま、そんなところだ。具体的な話は近くなったら教えてやるよ」

どうやら今この瞬間は教える気はないらしい。

「内容を教えて集中力が落ちちまったらせっかく時間を取ってる意味がねぇ。今は修行だけに意識を割け」

「……それはその通りだな」

凛たちのことが気にならないわけではない。

気にならないわけがない。

だが、この流れすべてに意味があることも理解している。

おそらくはこのシナリオはアルガティが描いたものだ。

もしくはシェイドか。

まあ、どちらでも構わないことだ。

どのみちここからでは事態を変えられそうにはない。

であれば、太一は太一のできることに集中した方がいい。

せっかく四大精霊が手ずから稽古をつけてくれているのだから、持ち帰るものが多くなければ意味がない。

「じゃあ、続きと行こうぜ」

休憩は終わりとばかりに太一は立ち上がる。

それを見て、サラマンダーはにやりと笑った。

「いいぜ、オレもやりがいがあるってもんだ」

楽しそうに言うサラマンダーに、さらに厳しくなる修行を予感する太一だった。

◇◆◇◆◇◆◇◆

結局一夜が無事に明けた。

何事もなく、だ。

急激に事態が進行したパリストールに比べてこの静けさ。

改めて気味が悪い――

朝食を食べた後の一服時に、凛が思わずこぼしたその言葉を、ミューラもレミーアも否定しなかった。

夜襲の可能性も考えて見張りも立てたのだが、結果的には無駄になった。

「実に面倒だな」

「そうですね」

「やっぱり、私たちで動くのがいいでしょうか」

「うむ、それが確実だろう」

やはり座視せず動く必要がありそうだ。

昨日想定した通りだった。

これは場合によってはチャンスになりえる。

前回は敵に主導権を奪われたところから奪い返さねばならなかったが、今回は主導権を奪ったところから事を始めさせることができるかもしれない。

もちろん敵が動かないということは、網を張っている可能性が高い。

……と、ここまで想定したところで、凛はそっと息を吐いた。

結局希望的観測なのだ。

前向きに考えてはみたが、もっとも肝心な手がかりというか、きっかけというか、そういうものが一切ない。

パリストールではシャルロットが結界を時空魔法で切り裂き、その綻《ほころ》びを集中攻撃して結界を突破した。

やるのならばまず同じ手段で突破できるかどうか、だろう。

大聖堂を調査する。

そこから手を付けるのがいい、というのは分かっている。

同じ方法が通じない可能性もあるが、それはその時に考えればいいことだ。

朝食を終えて少し経って、聖騎士から連絡があった。

当初の予定通り、これから今後についての話し合いである。

お互いの格的に、シャルロットが相手を待たせるのが正しい。

本来こういった軍関係の実際の作戦行動について、シャルロットが同席することはあまりない。

自国ならまだしも、ここは他国なのだから。

ただし、今回に限っては例外に当てはまる。

段取りとしては、聖騎士団側が保有する基地内の大会議場にて場を整え、聖騎士側が待つ。

そこにシャルロットが登場する、という形になった。

非常事態ではあるが、時間がないわけではない。

ここに太一がいれば「しち面倒だな」とでも言ったかもしれないが、大切なことなのだ。

エリステイン魔法王国にとっても、クエルタ聖教国にとってもだ。

昼頃、約束の時間になってシャルロット率いるエリステイン魔法王国一行が聖騎士団の基地内大会議場に案内された。

聖騎士たちはシャルロットたちを迎えるため、会議に参加する者は勢ぞろいしていた。

彼らの表情は一様に緊張に満ちている。

王族を招き入れるためというのも多少あるだろうが、それ以上に現状が異常事態だから、というのが大きい。

これが平常時であったなら、シャルロットと相対する際に発生する緊張感だけで済んだはずなのだ。

「改めまして、ようこそいらっしゃいました、シャルロット王女殿下」

「出迎えご苦労様です」

騎士らの案内を受け、シャルロットは上座に案内された。

「では昨日と同様、お話は私の麾下《きか》の者に任せますので、どうぞよしなに」

「はっ。ではそのように」

第三騎士団団長は、シャルロットの言葉に敬礼をもって答えた。

昨日の詰め所での話と同様、この席でもシャルロットは話し合い自体には参加しない。

では話し合いの内容に影響しないかと言えばそんなことはない。

彼女が出席することそのものに意味があり、凛、ミューラ、レミーア、そしてアルセナや騎士の発言にエリステイン側の総意としての意味を持たせることができる。

いわゆる箔《はく》というもので、これが非常に重要なのだ。

もっとも。

「ではまず、パリストールにて何があったのか。それについて、改めて私の方から簡単にご説明差し上げます」

第三騎士団の団長は聞いた話だが、ここには第一騎士団、第二騎士団の団長もいる。

もちろん第三騎士団団長から情報共有はなされているだろうが、直接当事者の口から語られる言葉を聞きたい、と思うことだろう。

また聞きも大事だが、当事者から話を聞く。

それはシャルロットやアルセナが、自分の仕事をする際に大切にしていることだからだ。

「ですが、私は軍事および戦闘についての専門家ではございませんので……」

ここにはクエルタ聖教国でもかなり高い地位である大司教アルセナがいるので、シャルロットの存在はダメ押しでもあるのだが。

「私や殿下お付きの騎士が補足をさせてもらおう。それでよろしいか？」

「皆さまであれば何も異論はございませんとも。では、さっそく始めましょう」

近衛騎士に『落葉の魔術師』やAランク冒険者であれば、聖騎士団の団長を相手にして全く格落ちはしない。

パリストールでの事象は、ギルグラッドとは根本的に違った。

まず、紫色の結界が広がってほどなくして魔物が全域に出現したのがパリストール。

その後当然ながら戦闘が始まり、凛たちは住人の保護と討伐に明け暮れることになった。

一方のギルグラッド。

こちらではそろそろ九一日になろうとしているが、魔物などが発生したという報告はなく、不気味なほど静かだ。

おかげで住人たちは不安に駆られており、彼らを抑えておくのもそろそろ限界ではないか、と騎士たちは口をそろえる。

何か起きているならまだしも、何も起きていないので解決の糸口さえ見えないのだ。

彼らが声をあげ、大挙して衛兵や騎士に事態の解決を求めて詰め寄ってきたら危うい。

そうなった住民を抑えるには事態の解決しかなく、力で押さえつけては逆効果。

いったんは何かしらの行動を起こすことで、民に安心感を与えたい。

「まさか、ジョバンニ大司教が下手人だったとは……」

すでに鎮圧され、戦後処理に入っているパリストールの実質上の領主であったジョバンニ。

貴族ではないが、貴族に匹敵する地位だった。

彼は実力ある大司教だった。

その地位にふさわしい人格の持ち主であった。

一部では「聖職者として模範になるのではないか」とまで言われるほどだった。

そんなジョバンニが、パリストールにてこの紫色の結界を広げた犯人であったという。彼の足元にあったなんらかの術の陣が破壊されたのち、紫色の結界は消えていったとアルセナが言った。

そのことに騎士たちは難しい表情をしたものの、結界をどうにかした者が目の前にいることに、光明もおぼえたようだった。

「具体的な解決方法が明示されたのはありがたいですな」

第一騎士団の団長が言えば、第二騎士団の団長がうなずく。

はたしてこの結界がどのように作られているのか。

今まではそれさえも分からなかった。

ギルグラッドの結界が、パリストールと同じ手段で作られているとは限らない。

よって、パリストールの解決方法と共に、それ以外の解決方法も模索していく必要があった。

とはいえ。

「パリストールのやり方が通じればいいのですが、そうでない場合は出たところ勝負になりかねませんね」

アルセナが頬《ほお》に手を当てて憂う。

大司教としての言葉に、聖騎士たちもうなずく。

模索する、とはいったものの。

いやもちろん、対策を練る必要があるというのはあるが、それは理屈の上の話。

実際には、アルセナの言葉の通りだ。

何をしてくるのか想定はする。

しかし、こちらの想定が当たっていて、対応は難しくないだろう、という楽観的な思考を前提にするようでは、聖騎士ではいられない。

どころか、どの国であっても騎士ではいられないだろう。

むしろ騎士というのは、常に最悪の状況を想定するのが仕事だ。

「おっしゃるとおりです。とはいえ、人がやることでもありますからな」

隙というのは必ず生まれる。

完璧などありえない。

だから、必要なのは、敵が晒《さら》したその隙を逃さず付け入ること。

傷口を丁寧に確実に広げて、攻撃のための礎《いしずえ》にするのだ。

「ええ、それに、我々では手が届かぬところもあります」

シャルロットが率いる一団は、間違いなく世界中で見ても最大戦力の一つとして数えられるだろう。

太一がいなくとも、だ。

凛、ミューラ、レミーアの戦闘力がかなり上がっているというのがある。

もはや既存の物差しではかれないところまで来ていると言っていい。

でも。

いくら一人一人の力が強くても、伸ばせる手の長さには限界がある。

この聖都ギルグラッドは非常に広い。

極端な話、街の北にいては、南で起きた事件には対応できない。

そこはやはり、聖都に常駐している聖騎士団による人海戦術が物を言うのだ。

太一であれば可能だろう。

しかし今、太一はここにいない。

今ここにいる人間でどうにかするしかない。

「ですので皆さまの奮闘も必要になります」

「もちろん、我々の国でございますれば、我々でできることは言わずもがな」

聖騎士団の団長は胸に手を当て、まなざしに力を込めた。

「むしろ、我々の方が感謝をせねばなりませんな」

「ええ。殿下の護衛戦力を、聖都に住む無辜《むこ》の民のためにふるっていただくわけですから」

聖騎士の言葉に、シャルロットがうなずいたのを見て、アルセナが微笑んだ。

「構いません。それが殿下の御心でございます。もちろん、我々にも多大なる利があってこそ協力させていただくわけですが」

「それは当然のことですな」

誰も彼もが利権と私利私欲のためだけに動くわけではない。

志が高い貴族や王族というのは存在する。

シャルロットもその一人であることは、エリスティイン魔法王国内だけならず、他国でも有名な話。

しかし、その理想と裏腹に、王族貴族が利益なしに動くことは簡単ではない。

利益があって、そのうえで理想も達成する。

聖騎士たちとしては、むしろその方が信用に値するのだった。

第九十二話　怪事件

その知らせが来たのは、街に入って数日が経過してからだった。

実に遺憾だが、聖騎士団と打ち合わせしてから今まで、成果は得られていない。

数日間もあったのだ。

その間ただぼーっとしていたわけじゃない。

街の中を闊歩《かっぽ》して何か不自然なところがないか。

人々に異常は起きていないか。

何か変な話はないか。

足を使って広大な聖都の中を歩き回ったのだ。

もちろん、凛たちだけではない。

シャルロットが連れてきた騎士も護衛を除いてローテーションで動いたし、聖騎士たちは自分たちが守る街だからと、ともすればエリステイン一行よりも精力的に動いていた。

それでもなお、何も得られなかった。

誰のせいでもない。

のだが、それで納得できるなら苦労しない。

「死んだ……？　それがどうかしたか？」

舞い込んで来た一報は、とある雑貨屋の老夫婦が、二人とも死亡した状態で発見されたとのこと。

別に不思議なことではあるまい。

レミーアは特別疑問に思わなかった。

老衰で亡くなったりといったことは誰にでも起きることだ。

人は死ぬ。

老衰で天寿を全うすることもあれば、あっさりと不慮の事故で、あるいは魔物に襲われてこの世を去ることもある。

寿命が短い人間も、寿命が長いエルフも、生きとし生けるものはすべて、そのくびきからは逃れられない。

わざわざこちらに知らせる理由でもあるのか。

「それが……遺体の状態が……」

「ふむ、なんぞあったか？」

「ええ、不可解な状態でして」

「ほう？」

やはり何かがあるようだ。

でなければこうして知らせてこないだろう、とは思った。

団長に報告したところ、情報を共有した方がよい、との判断だったそうだ。

「良かろう。では……私は行こう。お前たちはどうする?」

「行きます」

「私も行きます」

凛とミューラは、人死にの現場に赴くことをためらわなかった。

「それから、シャルロット殿下麾下《きか》の騎士殿にも数名、お越しいただくよう仰せつかっております」

「……かしこまりました。では」

「承知いたしました。よし、行け」

アルセナから指示を受け、その場の責任者が二名に同行を命じた。

騎士二名はきれいな敬礼で応じた。

当然ながら、アルセナとシャルロットは同行しない。

不可抗力である場合を除き、姫であるシャルロットが死体を見る必要はないし、それはアルセナも同様だ。

本人たちは「そんな気遣いは不要」と思っているかもしれない。

実際にそうなのだろう。

可憐なシャルロットであるが、彼女はマーウォルトの会戦において、血を直視してきた。

戦での怪我《けが》がマシであるわけもない。

そういう意味ではむしろアルセナの方が耐性がないかもしれない。

まあ、それが当たり前だ。

何せ本物のお姫様と貴族令嬢なのだから。

「それでは、まいります」

人員は確定した。

凛、ミューラ、レミーアに、騎士二人。

計五人を聖騎士が先導し始めた。

相変わらず紫色に染まった街並みを歩く。

聖騎士と騎士。

それぞれ武装した者たちと、さらに冒険者の組み合わせ。

当人たちにそのつもりはなくても、一般人を威圧してしまうことは十分に起こりえた。

今は人通りがそもそも少なくて良かった。

あるいは、人でごった返しているか。

前者は避ける人がそもそもおらず、人であふれていれば避けるスペースもないし、その活気によって威圧感がかき消されてしまうまである。

ぼちぼちの人混み具合が、もっとも避けられている、ということが目立ちやすくもあった。

戦える者が持つ威圧感というか迫力は、そうでない者からすれば相当なものになる。

それは男とか女とか、戦士とか魔術師とか、そういったところを乗り越えた先にある。

実際に戦いを経験し、魔物や人を倒したことがあるならばなおのこと。

そんなことを考えているうちに、一行はとある商店の前に辿り着いていた。

案内された家は、近づいた段階ですぐに分かった。

二〇名にもなる聖騎士たちによってものものしい警備が敷かれて、関係者以外を一切シャットアウトしている。

この物々しさで「何もない」はありえない。

よって遠巻きに一般人やらの野次馬がいる。

異様さを気にした冒険者ギルドの関係者が聖騎士に状況を聞いているが、成果は芳しくなさそうだ。

冒険者ギルドを敵に回すつもりはないようで対応している聖騎士たちも丁寧だ。

聖騎士も上からの命令を守らざるを得ない立場なので、ギルド職員たちも理解はしていた。

とはいえ立ち入りは禁じているようで、そこは譲っていない。

そこに入っていくのはいささか居心地が悪い……ということもない。

凛たちも仕事だ。

当然見咎《みとが》められるのだが。

「あの三人は冒険者ですね。なぜ我々は入れないのですか」

当然の疑問。

それに対し。

「彼女たちは冒険者ですが、今はエリステイン魔法王国のシャルロット王女殿下の護衛でもあります。シャルロット王女殿下のご下命にて動いておりますので」

私人でありながら、公人の一面も持っているということ。

凛、ミューラ、レミーアがシャルロットの護衛についている。

冒険者ギルドがその情報をつかんでいないわけがない。

お互い分かっていることの確認。

口に出して明確にやり取りをする。

そしてそれを、やり取りをしている当人同士だけではなく数名が聞いている。

お互いを守るために大事なことだった。

これこれこういう理由で彼女たちには特別に許可が下りているんですよね？　我々だからダメだというわけではないんですよね？

その通り、彼女たちが特別なのであって、あなた方に許可が下りないのは仕方がないことです。あなた方に非はありませんよ。

という意味である。

小さくはあるが政治的なやり取り。

それが彼らにとっては大事なのだ。

そんなやり取りを横目に先導する聖騎士に連れられて建物の内部へ。

そこは一種、異様な空気が漂っていた。

店舗の区画を抜けてバックヤード、そして居住スペースに。

「こちらです」

そこには、亡くなったご夫婦。

床に重なるように転がっており、居間は若干荒れていた。

この時点で穏やかならざる死を強制されたことが分かる。

一方向の窓と壁が溶かされて破られており、尋常ならざる者が侵入してきたのだろうことが分かる。

「死後数日が経過しています」

遺体の周囲に風が渦巻いていて魔力が感じられる。

においが散らないように、という配慮だと思われた。

「下手人は……痕跡もないか」

「遺憾ながら」

そう。

この老夫婦、骨と皮の状態になっていたのだ。

まるで中身をすべて吸い出されたかのように。

老夫婦の最期は凄惨《せいさん》なものだったが、血もなければ、表情すら分からない遺体が、逆に凄惨さを感じさせないという結果を生み出していた。

「ほぼ間違いなく、人間の仕業じゃないですよね」

「ええ、我々もそう見ております」

骨と皮を残して、それ以外を完全になくす。

そんなことができる魔術なんて存在しない。

できることは一番多いであろう太一でも無理に違いない。

いったいどれだけの制御が必要なことか。

というか、そんな魔術を人が使えるようになってほしくない。

使いたいとも思わない。

しかし、残酷だと一蹴するのはためらわれる。

と、いうのも。

「まるで、蜘蛛《くも》のような……」

中身を溶解液で溶かして吸い出す。

その食性はまるで蜘蛛のようだった。

そう、蜘蛛という存在に対して、その性質が残酷だ、と切って捨てるのはどれだけ傲慢なのか、ということだ。

蜘蛛からすれば、種の存続のために得た生態に過ぎない。

そのような存在になろうとしてそうなったわけではなく、進化する過程でそうなっただけなのだから。

それはともかく。

そうだとすれば疑問がある。

あまりに大食漢だ。

生き物としての蜘蛛の大きさはせいぜいが手のひらより大きいかどうか。

老人とはいえ、成人の二人を平らげるほどの蜘蛛など、もはや魔物と呼んで差し支えない。

しかもそんな蜘蛛が街にいるのか。

いるのだとして。
「考えたくはないな」
レミーアの言葉がすべてを物語る。
その通りだと誰もが同様の表情を浮かべていた。
なぜ今まで被害がなかったのか。
なぜ今頃被害が出たのか。
まったくもって腑に落ちない。
もっと以前から大騒ぎになっていてもおかしくはあるまい。
それとも、今まで潜んでいたとでもいうのか。
そんな知恵があるのか。
だとすれば厄介極まりない。
「まるで人間のような知恵を持つ魔物ですね」
ミューラは腕を組む。
今もどこかに潜み、虎視《こし》眈々《たんたん》と狙っているというのか。
だとすればその評価も正当と言える。
「なるほど……その方向で考えておかねばならなさそうですね」
この場の責任者を務める聖騎士はそうつぶやいた。

いやそうに。

何せ、おそらく第一発見者となるのは聖騎士団である可能性が高い。

となれば、必然的に相対するのは聖騎士たちになるのだ。

聖騎士は対魔物もこなすが、得意なのは対人の方だ。

魔物の討伐や駆除という仕事では、やはり冒険者の方が上を行く。

その逆に冒険者側も対人戦闘を行うこともあるが、やはり魔物討伐、駆除に比べて機会は少なく、聖騎士には劣る。

それはクエルタ聖教国だけの話ではない。

エリステイン魔法王国、ガルゲン帝国、シカトリス皇国でも、騎士と冒険者の力関係は似たような感じだったりする。

となると当然……聖騎士としてはある程度の損害を覚悟せねばならない。

もちろん、冒険者の換算でBランク程度になれるだけの実力がなければ聖騎士として認定されないので、Cランク程度の魔物相手に遅れをとることはそうそうない。

とはいえ。

同程度の実力とされるBランク冒険者にとって適正な魔物が相手の場合。

冒険者ならば軽微な損害で切り抜けられる場合でも。

同じ人数をそろえても、聖騎士の場合は軽微な損害では済まないことが多い。

「何か見つけたら、できる限り迅速に我々に連絡すると良い。一人は必ず即応できるようにしておくとしよう」

二人が足で情報を集めるために動き、一人が常に同じ場所に待機する。

三人いれば、そういう対応を取ることができる。

もっとも、太一がここにいたらそんな苦労は必要ないし、なんなら向こう数時間以内に解決してしまう可能性すらある。

エレメンタルの探知という反則によって、この殺人の下手人まで見つけてしまいそうだ。

少なくともこの聖都に蜘蛛《くも》の魔物が潜んでいるのかどうかは、一瞬で判別してしまうに違いない。

……まあいない人のことを考えていても仕方がない。

今持っている手札でどうにかせねば。

「心強い。発見したら必ずご連絡いたします。まあ、我々でさっくりと解決できてしまえば一番なのですがね」

「違いない」

その通りだ。

聖騎士たちで解決できるのならそれに越したことはない。

つまるところそれほどに強敵ではなかった、というわけであり。

この異常事態において、「実は街に強大な敵が潜んでいた」という更なる事案を抱えなくて済むということだからだ。

はっきり言ってそんなのはごめんである。

聖騎士たちもごめんだし。

エリステインから来て事態解決に協力しているシャルロットの騎士たちもごめんだし。

凛、ミューラ、レミーアもごめんだ。

面倒は少ない方がいいに決まっている。

「これを見られてよかったですね」

ミューラの感想がすべてだ。

危険を知るうえで、こうして実情を目にするのかどうかでだいぶ変わってくる。

非常に有意義な時間であった。

「そうだね。恐ろしい相手なのは間違いないね」

凛が見たのは経路。

侵入、などという生易しいものではない。

これはもう襲撃だ。

一切の容赦も遠慮もなく侵入して捕食し立ち去っている。

これだけ派手なことをして即座に犯行がバレなかったということは、悲鳴を言わせる暇もなく動きを封じたり、音をシャットアウトしたり、見えなくしたり。

そういった手段を持ち合わせている可能性もある。

それはつまり身を隠したり隠蔽《いんぺい》したりすることができるということ。

「一度隠れたら見つけるのに苦労しそうだな」

「確かに……」

「面倒なのは間違いないですね」

レミーアの言葉に全面同意する凛とミューラ。

この面倒な事態。

放っておくわけにはいかない。

非常事態だというのにまったく迷惑極まりない。

この事件と、紫色の結界を張った者との間にかかわりがあれば、せめてもの救いになるのだが。

◇◆◇◆◇◆◇◆

老夫婦の変死事件があった直後から街を探知しながらのパトロールを開始した。

変死事件の現場を見分した当日と翌日は何も成果はなく。

さらにその翌日。

直接は関係なさそうだが、街に確かな変化が現れたのだ。

結論から言ってしまうと。

どちらかといえば、あまり嬉しくはない変化である。

さて、具体的にどんな変化かと言えば。

「もう逃げられないわよ」

ミューラは行く手をふさぐように立っている。

その視線の先には、少々粗野ではあるものの、その辺を歩いていてもおかしくはない市民の男。

「くそっ、なんだてめぇ！」

「冒険者よ」

「くっ……！」

冒険者。

一般人ではまず勝てない人種の代名詞。

Eランクなどの下位であっても同様だ。

それだけ、魔力を操れるか否かという要素が大きいのである。

「くそがっ！」

殴りかかってきた男性の拳をパンとはじいて、そのまま足を引っかけて転ばせる。

一般人相手に拳を振り上げてしまっては、要らない怪我《けが》を負わせてしまう。

それだけ差があるのだ。

ごろごろと転がる男。

追ってきていた自警団の人間に取り押さえられ、御用。

「ありがとうございます！」

ご婦人が礼を言い、男が持っていた革袋を抱えた。

そう、彼はいわゆるひったくりだったのだ。

「とっとと立て」

「いてっ！　いてて！」

「ほら、きびきび歩くんだよ！」

「分かった、分かったって！」

自警団の容赦のない連行についていく男。

彼の姿を見送り、ミューラはため息をついた。

ここ最近になって、こうした事件が増えてきていた。

凛、ミューラ、レミーアが捜索を始めたから、ということなのだろうか。

実際にはそんなことはなかろう。

聖騎士団の見解としては、一向に解決しない事態に、人々の我慢もそろそろ限界を迎えてきた、というものだった。

そして、それにレミーアも同意していた。

なるほど、分かる。

パリストールは異常事態になってからその日のうちに解決した。

しかし聖都ギルグラッドは、既に数日が経過している。

その間に何か大きな事件が起きた、という報告はない。

下手をすると老夫婦の変死事件がもっとも大きいものになるのではないだろうか。

という状況。

なくなる気配すらない紫色の妙な結界。

それでも我慢に我慢を重ねてきた。

すぐに解決すると信じて。

しかし、それが叶わなくて。

異常が日常になって。

それでも人は慣れる生き物。

しかし、心に澱《おり》は溜まっていく。

そして無限に溜めておけるわけでもない。

鬱屈《うっくつ》とした想いが積み上がって、あふれても仕方がないというわけだ。

「これは、早期に発見できないと……」

これらの事件が目についたときはその場の裁量で解決してほしい、と聖騎士団から報酬込みで依頼されているし、何なら代行の紋章も預かっている。

目の前で起きているのにそれを無視するのも寝覚めが悪いからだ。

だが……。

「事件は今後増えていくわね」

聖騎士団が事件解決を委託してくるということは、つまりそういうことだ。

市民のことを思えば事件解決を些事《さじ》と言うつもりはない。

しかしこうして事件を解決していても、根本解決にはならない。

対症療法ではどうしようもないのだ。

「それに付き合い続けるのもごめんだもの。だけど……」

なかなか、尻尾がつかめない。

いたちごっこをしているというのならまだ分かる。

けれどもその状態ですらないのだ。

引き続き、この状況は続いていく。

何かの瞬間に、ふと棚ぼた的に手がかりが降ってくる、といったことがなければ。

◇◆◇◆◇◆◇◆

「見つからないわね」

「そうだね」

ミューラがひったくり犯を捕まえてからはや数日。

今日も今日とて探索だ。

凛とミューラは街中をのんびりとしたペースで歩きながら異常がないか見回りをしていた。

相も変わらず手がかりは得られていない。

聖騎士団に兵士、自警団まで動員した非常時の態勢で探っているにもかかわらずだ。

しかし。

「精霊の力も借りてるんだよね？」

「そうなのよね……」

何も自分たちの力だけでやっているわけではない。

精霊の力も借りた探知を実施している。

自分たちでできる探知よりも明らかに精度も範囲も広い。

にもかかわらず見つけることができないということは。

「レミーアさんの予想が当たってるなら……」

「ええ。あたしたちの力以上の敵がいる可能性があるってことね」

そうだ。

精霊の力から逃れうるなど、相当な力を持っていないと不可能だ。

少なくとも、ミューラとレミーアの探知から隠れおおせる自信は、凛にはない。

そしてそれは三人全員に言えることだ。

凛の精霊アヴァランティナは、ミドガルズ、ブリージアに比べて探知に向いていないが、それでも精霊魔術が使えない状態の凛と比較すればけた違いに上がっている。

ただミドガルズとブリージアの探知能力がずぬけているだけだ。

ギルグラッドは首都だけあって相当広いのだが、さすがに数日という時間があれば大体は周ることができるし、街の探査も大体は網羅できる。

レミーア、ミューラ。そして聖騎士団による一日一回の認識合わせにより、すでに一度ギルグラッド全体の調査が完了していることが判明した。

つまり、この広大な街全体を見て回って、何も手がかりがなかったということ。

それはかなり気分が萎える情報だった。

そんなことではいけないのは分かっているのだけれど、ゴーレムのように淡々と命令に従えるわけではない。

人間なのだから不可能な話である。

とはいえ、それで調査をやめるわけにはいかない。

いつどこでまた事件が起きるか分からないのだ。

そして仮に、レミーアの予想が当たっているのなら。

「私たちが出ないと、被害が大きくなるからね……」

「そうね。あたしたちがそこにとどめないと」

凛、ミューラ、レミーアの三人で立ち回ればどうにかなると信じて。

とはいえ自分たちよりも強い敵というのは、正直ゾッとしない。が、しかし自分よりも強い敵がいることとは嫌というほど思い知っている。

二人はスラム街に足を踏み入れた。

ここも最初の見回りルートで立ち入ったところだ。

とはいえ、凛一人で、だったが。

今二人で回っているのも、レミーアの予想があったからだ。

精霊の探知をもかいくぐる敵。

すなわち自分たちよりも強い敵がいる可能性。

それを考慮したら、単独行動はいささかリスクが高かろう、ということだ。

もちろん麗しい少女が歩くには危険な場所だ。

一般論では、だが。

凛はここを歩くときに、立ちふさがろうとする相手を丁寧に、しかししっかりと対応して退けた。

下手に遠慮をすると何度も向かってこられる。

面倒だし、調査も進まない。

何よりこちらを害そうとしてくる相手に対して、無用な遠慮をしなかっただけである。

歩いていくと、こちらを窺《うかが》う視線が無数に飛んでくる。

カモにしか見えない二人。

しかし、そのうちの一人が凛であることが分かったのか、向けられた視線はほどなくして消えていく。

「ちゃんとやったみたいね」

「まあね」

この意味を分からないミューラではない。

甘さもある凛ではあるが、さすがにいくつもの場数を踏んできている。

むやみやたらと相手を傷つけることはないが、時には武力も必要ということ。

まあ、スラムにいる人間など、大多数が一般人。
多少強い者でもたいていが鍛えただけのやっぱり一般人。
戦える力がある裏の者は、その全体から見ればごく少数だ。
社会からはじかれて零れ落ちた者がほとんどなのだ。
逆にそういう場所だからこそ目立つ、ともいえるのだが。
「……何か御用かしら？」
そう、例えば。
今凛とミューラの前に現れた、二人組の男のように。
――強い。
一目で分かった。
そんじょそこらの有象無象とはわけが違う。
チンピラのように無闇に表に出すわけでもなく、しかし見る者が見れば一目で分かる。
その身に巧妙に潜めている暴力の臭いに。
「一応言っておくぞ。あんたたちと事を構えるために来たわけじゃない」
そうだろう。
戦意や殺気といったたぐいのものは感じない。
むしろ、凛とミューラの前に正面切って姿をさらすということに緊張している様子だ。

その理由は、前回ここを訪れた時に、凛の気配探知能力は嫌というほど見せつけてあるからだ。

これほどの探知能力があるなら、実力も相応にあってしかるべき。

そういう推論に至るのは当然の流れだ。

それこそ、罠《わな》のひとつやふたつでどうにかできるはずがない、と思わせられるレベルで。

「じゃあ、どんな用かしら？」

「ああ。オレたちの話を聞いてほしいんだ」

「ふうん？」

なるほど、そういう類のコンタクトか。

こちらに手を出すつもりがないのであれば、何かしらの用件があって姿を見せたというのは筋が通っている。

スラムにはスラムのお作法があり、別にそこまで踏み込むつもりはなかった凛。

前回ここに来たときに、伝えているのだ。

聖騎士と合意が取れた調査の一環でここに踏み込む必要があった、という旨を。

当たり前だが、必要悪という一面もあるスラムの組織をどうこうしようとは思っていない。

まあ、そんなおためごかしを信じてもらえるとも思わなかったが、そこまでいちいち誤解を解いていたらキリがない。

気に食わなければ力ずくで叩きだせばいい、というスタンスで押し通ったわけだが。

ここでは冒険者稼業以上に力がすべてなところがあるので、それでよかった。

「どうする？」

「……まあ、聞いてみてもいいかもしれないわね」

どうせただ歩いていても何か見つけられたわけでもないのだ。

それであれば、スラムで起きた何か不審なこと、という話が聞けるかもしれない。

一度街を全部周って何も得られなかった以上、聞き込みもすると聖騎士も言っていた。

相手にこだわらずに、ということだったが、やはりどこでも聖騎士とスラムは犬猿の仲であることも多い。

であれば、ただの冒険者である凛とミューラの方がまだ相手も話をしやすいのだろう。

「すまねえな。じゃあ、こっちに来てくれ」

二人が背を向けて歩き出す。

いい胸襟の開き方だ。

凛とミューラに話を聞いてほしいから案内する、と言い出したのは向こうだ。

そして、彼らはスラムの裏世界で生きている。

だからこそ、信用して欲しければ先に態度で示す、というのが表の世界よりも大事なのだろう。

表の世界では不要というわけではない。

疑心と猜疑が横行する裏の世界では、よりそういう態度と行動が大事というだけだ。

二人に連れていかれたのは、とある建物。

スラムの中では立派で頑丈な造りをしていた。

建物の中も華美ではないがしっかりはしている。

スラム内にあって、ここはスラム特有の悪臭とは無縁である。

それだけでここがどういう建物なのか理解ができるというものだ。

案内されたのは入口から少し奥に進んだところにある部屋。

いわゆる応接室だ。

「よく来てくれました」

待っていたのは二人の男。

ガタイが良く全身に入れ墨が入っており、いかにもマフィアのボスといった風体の男。

線は細いが、全身から漂う暴力の臭いを隠していない若頭と言った雰囲気の男。

凛とミューラは二人の対面のソファに腰かけた。

これはこの世界で冒険者をやっていなかったらあっという間に委縮させられていただろ

うなぁ、と凛は他人事のように思う。

つまるところ、それだけの場数を踏んできたというわけだ。

二人の貫禄、存在感は相当なものではあるが、それでも。

これまで戦ってきた強敵と比べれば、どうということはなかった。

「さすがだな、俺たちを前に全くビビっちゃいねぇ」

「ええ。余裕すら感じられます」

「あなた方は？」

「ああ、俺はここで黒宝会の頭を張ってるモンだ。んで……」

「私は青竜陣という組織の副総帥をやらせてもらっている者です」

つまり、裏世界の組織トップ二人が雁首をそろえているわけだ。

なわばり、というものがあるだろうし、この状況は珍しいのではなかろうか。

凛とミューラはそんなことを考えた。

「せっかく来てもらってだらだらするつもりはねえ」

「サクサクと話を進めましょう。まずはかいつまんで前提を説明しますね」

話が早い。

凛とミューラにも無限に時間があるわけではないので、この単刀直入さはありがたいものだった。

彼ら曰く、聖都ギルグラッドのスラムは、世界最大の宗教国家の首都の闇そのもの。

レージャ教に救われる者が数多《あまた》いることは理解している。

しかし、すべてを余すことなく掬《すく》い上げられるわけでもないのだ。

そこから零れ落ちた者が最終的にたどり着くのがこのスラムというわけで。

生きるためにしかたなくここでならず者となり、そういう生き方しかできなくなってしまうことも珍しくはない。

そういった組織がいくつも乱立している。

いわゆる必要悪。

その組織の流儀に従って自治をしたり、時に派閥を作ったりしたりしているという。

また、そこで行われるのは縄張り争い。

何か所も同時多発的に起きることも珍しくないのだとか。

それだけスラムが広大というわけだ。

確かに凛が実際に歩いてみた感じ、スラムの規模は王都ウェネーフィクスなどとそう変わらないように思えた。

聖都、と称する街の中に存在する闇、実に深いことである。

その中でも、黒宝会と青竜陣は上から数えた方が早いだけの影響力を持っている。

なるほど確かに、彼らのカリスマを考えれば分からなくもない。

「俺らの名前は要るか？」

「うーん、話の内容を聞いてから、必要だと思うかもしれないね？」

「確かに現状では、不要でしょう」

この場だけの関わりだというなら、彼らの名前を聞いたところで何も意味はない。

彼らが話があると言ってここまで呼び出したのだ。

すべては、彼らの話を聞いてからになる。

さて、前提も簡単に説明してもらったところで、いざ本命の用件だ。

「結論から言えば、お前たちの力を借りたい、ってことだ」

まあ、そういうことだろうとは思っていた。

次に気になるのは、なぜ、ということだった。

「スラムは今、東側と西側に分かれて抗争が起きている」

「抗争……？」

凛は首を傾げた。

数日前にここを訪れた時は、凛がよく知っているスラム、という顔を見せていた。

それなりに喧騒があったり剣呑《けんのん》な空気が流れたりもしたが、抗争というほど荒れている様子でなかった。

「ああ、こないだあんたがここに来たときは、全員イイコでおとなしくしてただけだ」

それなら筋も通っている。

いやしかし、そんなことができるのか。

「酔っ払いの喧嘩《けんか》レベルくらいでは、あなたも異常とは思わないでしょう?」

それはそうだ。

凛はうなずく。

むしろスラムという土地柄もあって、それが日常であるとすら思う。

「暴れてもただの喧嘩以上にならない下っ端はガチガチに縛る必要はないのですよ。問題は、そこにいる二人のように、一般人以上の力を持つ部下をどう制御するか、です」

「そういう連中こそ、上からの命令にゃ忠実なわけだ」

「ふうん、なるほどね。裏世界は裏世界なりに規律に厳しいって話だものね」

「そうですね。紐がつけられないような者はただの狂犬、囲う意味がありません」

「いくら強かろうとな。それよりは、多少劣ってようと、ちゃんと『待て』ができるヤツがいいってこった」

それは騎士や兵士でも同様だ。

上官の命令を無視するような者は、いくら強くとも早晩問題となるだろう。

それは裏世界でも同様、いやむしろこちらの方がより顕著だろう。

凛がいるときに抗争が行われなかったのは、仮に彼女と敵対した場合、一人に対処するのにどれだけの被害を出さねばならないのか。

「一人で東と西の勢力を同時に相手するとなった場合、あなたは間違いなく退くでしょう？」

そう言った青竜陣の副総帥の言葉に、凛はうなずいた。

凛を取り逃がしたら、今度は聖騎士や他の冒険者を引き連れてスラムに踏み込んでくるだろう。

選ばれし精鋭を引き連れてこられたらたまったものではない。

スラムもそれなりに実力者はいる。

ランクA冒険者に匹敵する者だっている。

だが、そういったとびぬけた実力者の数は多くはない。

そもそもそれだけの力があれば、スラムにいる必要がないからだ。

逃がさなければいい、なんて簡単に言うことはできない。

逃げに徹した実力者をしとめるのがどれだけ難しいか。

逃走するために放つ攻撃で出る被害を計算するとひどい頭痛に襲われる。

ならば最初から手を出さない方が賢明、というわけだ。

「まあそういうわけで、あんたがここを出て行ってから抗争の続きが行われたのだけどな」

「結局前置きが長くなってしまいました、申し訳ありませんね」

「ああ、とっとと続きを話しちまおうぜ」

「ええ。我々と黒竜会は西側勢力の中心的存在なのですが」

彼らの声色が変わる。

「最近、東側の連中がおかしい、っつう報告が入ってな」

「情報を集めているのですが、どうにも厄介なことになっているのですよ」

切って捨てるにはいささか不穏な流れになったのだった。

厄介なこと、とは？

その言葉が音になって出ることはなかった。

すぐに説明が続けられたからだ。

「東側勢力の中に、妙なやつが出てきやがってよ」

「ええ。同盟組織の魔術師の報告を要約すると、『東側の術師が使ってきたのは、魔術ではなかった』ということでした」

「魔術ではない……？」

凛とミューラは顔を見合わせる。

アイコンタクト。

ここについてきて良かった。

二人とも、その認識で一致していた。

「断定はできないけど、聞いたことないわけじゃないわ」

心当たりはなくはない。

実際に目にしたのは一度だけではない。

もちろん、これだけで判断はできないので、実際に目にしてみたいところでもある。

「ほう？　じゃあ、なんだかわかるってのか？」

「待ってください。断定はできないそうですから、ここで決めるのは性急です」

「ああ……そうだな」

黒宝会の頭目は頭をガシガシとかいた。

「ですが、これは前進できるかもしれません。……ここまで聞いて、どうされますか？」

「もちろん、俺たちとしちゃあ、手を貸してほしいところだけどな」

彼らから希望にすがるような眼を向けられる。

しかし、強制できないことは分かっているのだろう。

最終的な判断を凛とミューラにゆだねてきた。

判断をゆだねられた少女二人も、ここで即答はできない。

「一応、私たちも指示を受けて動いてるから……」

「有識者と相談して決める必要があるわ」

頭目と副総帥はつながった望みに安堵《あんど》した。

一考に値しない話だったなら、相談するまでもない。

凛もミューラも、これは確認するまで捨て置けない、と感じたからこそ有識者に判断を仰ぐわけだ。

「ああ。それでかまわねぇ。俺たちはここで吉報を待つことにするぜ」

「こちらをお持ちください」

青竜陣の副総帥が、テーブルの上に短剣を置いた。

鞘《さや》には黒い竜が刻まれている。

つまりこれは、黒王会と青竜陣、ふたつの組織が認めた目印ということだろう。

「手を貸してくれるのなら、こちらを持ってここまでおいでください」

「その時を待ってるぜ」

引き留めは全くなく、凛とミューラは建物から出た。

そのままいったんスラムでの探索は中断して引き上げる。

聖騎士団によって改めて用意された、シャルロット率いるエリスティン魔法王国サイドが滞在しているホテルに到着。

一直線にレミーアのもとに向かった。

そこで、スラムでの話を共有する。

「ふうむ……確かに捨て置けぬな」

レミーアは腕を組んでいた。

凛とミューラの報告は、確かに捨て置けないものだったのだ。

魔術ではない、というだけでかなり気になる。

それが本当かどうかは分からない。

だが、スラムを稼ぎ場にしている魔術師だからこそ、それなりに実力があるはず。

実力があるからこそ、魔術が撃たれたときに「それが魔術である」と理解できるわけだ。

「よし、お前たちは連中に手を貸してやれ」

「はい」

「分かりました」

そういう返事が来ることは分かっていた。

レミーアならこれを放ってはおかないだろうと。

むしろ、師に相談したのはその懸念があったからではない。

分かっていると言わんばかりの師。

「聖騎士団との調整は任せておけ。まずはお前たちだけで行かせるさ」

そう、それが一番伝えたかったこと。

言わずともレミーアなら分かってくれるとは思っていたが。

聖騎士とスラムの相性は悪い。

今聖騎士たちに出張られても、スラム側も受け入れられまい。

まずは凛とミューラで潜り込み、実績を積み上げて、必要が出たら提案できる関係性を作っておく。

それがいいだろう。

第九十三話　スラムの妖術師と竜人アンテ

一夜明けて。

凛とミューラは再びスラムを訪れた。

昨日の建物の前で、入口にたむろしていたならず者どもの一人に渡されていた短剣を提示する。

「ああ、あんたたちか。話は聞いてるぜ」

連絡はきちんとされていたようだ。

よく見れば立ち居振る舞いに隙はない。

他のならず者も同様だ。

ただのならず者かと思っていたら、そうではなかった。

彼らの言葉を思い出せば、組織においてそれなりの地位にいるのだろうことが分かる。

「案内するからついてきてくれ。ここは任せたぜ」

「分かった」

昨日と同じ応接室に案内される。

そこには、昨日と同じ顔触れがそろっていた。

「おう、来てくれると思ってたぜ」

黒宝会の頭目が立ち上がって歓迎の意を示した。

「来てくれるとは思っていましたが、一抹の不安はありましたからね」

「まあな。あんたたちの興味は引けただろうが、それも確実じゃあねぇからな」

彼らとしては一安心、というところか。

まあ無理もない。

凛、ミューラは自分の判断だけで勝手な行動ができない状況だったのだ。

二人に意欲があっても、それを決めるのは指示をする側。

部下の提案を却下することも多々ある頭目と副統師は、そのことを誰よりもよく理解していた。

「協力はするけど、実際のところはどうなのかな？」

そう、抗争が行われて、そこに凛とミューラが会いたい敵がいなければ無駄足になる。

冒険者ゆえに外れを引くことも珍しくはないので、別に数度ダメだったからとあきらめることはない。

けれども一週間以上も当たらないとなると少々厳しい。

そこまで時間があるわけではないのだから。

「おそらくですが、大丈夫でしょう」

青竜陣の副総帥は、ある程度の確信を持った声色だった。

その根拠は何か。

それは。

「魔術じゃねぇけったいな何かを使うやつなんだが、何日か前から、ぶつかり合いがあると必ず出張ってきてるからな」

いわゆる法則のようなものだろう。

今日も朝に陽が昇った。

だから明日も朝になれば陽は昇るだろう。

という感じの。

もっとも、そこまで確信があるわけではなかろうが。

凛とミューラがここにきていることは西側にも伝わっているだろうから、それで状況がどう変わるか、というのはある。

まあそれを気にしていては何もできない。

昨日スラムの調査を始めた時にはこんなことになると思わなかったのだから仕方ない。

何もかもを想定して動くなんて不可能である。

「抗争はどんな感じで起こっているのかしら？」

「そうですね。特に取り決めがあるわけではありません。むしろ、相手の不意を突くかたちで仕掛けるか仕掛けられるか、というところですね」

なるほど。

アウトローが集まるスラムだ。

宣戦布告から戦が始まるわけではないのか。

むしろ卑怯だと言われる形で攻撃を仕掛けるのも普通だとか。

まあ、凛もミューラも卑怯だとは思わないが。

魔物の隙を突いて安全に狩るのは冒険者の基礎基本のひとつだ。

もちろん実力があって真正面からぶつかっても問題なく無傷で狩れるのなら武力で蹴散らすのもあり。

現に太一などはまず相手の不意を突くために隙を探ったりしない。

凛とミューラ、レミーアもほとんどの場合そうだ。

正面からだと危険も伴うが、不意を打てば勝てる冒険者は確実に隙を狙う。

「よし、せっかく協力してくれるっつぅんだから、さっそく打って出るぞ」

「そうですね。それがいいでしょう。私も賛成です」

二人が気を遣っている。

仮にもスラムで大きな勢力を誇る組織がこうして配慮をするあたり、凛とミューラの価値を物語っている。

「ああ、そうだ。協力者なんだから、名前くらいは教えておくぜ」

黒宝会の頭目はそう言ってニッと笑った。

「俺の名前はゲンツ」

「私の名前はワンシェンです」

「なんかあったら俺の名前を出しな。俺の協力者として知らせておくからよ」

「青竜陣も同様です。必要なら私の名前を出してください。話が通るようにしておきますから」

足場は固まった。

さあ、いざ調査の開始だ。

黒宝会と青竜陣の計らいで借りた拠点は、スラムにしてはかなり出来がいい。

今泊まっている超高級な宿泊施設と比較にもならないのは当然なのだが。

それでも、ベッドは簡素だがちゃんと清潔だし、トイレも定期的に清掃されていて、シャワーまである。

スラムでは飲み水さえも貴重だが、この建物ではシャワーも浴びることができる。

シャワーは魔術を使えば自前でできるが、それとこれとは別問題。

どれだけ重宝されているか、気を配られているかが分かる。

悪い気はしない。

もっとも、同時に結果を残さねばならないのだが。

そう、金銭は発生しないがビジネスと同じだ。

向こうから持ち掛けてきたとはいえ、それを助っ人として受けたのは、スラムでの抗争に大手を振って首を突っ込むため。

それは二人にとっては十分に報酬として成立する。

となれば、戦果はきちんと挙げねばならない。

先方としても挙げてもらわなければ困るところだろう。

もはやこれは依頼と言っても過言ではない。

「さて、行きましょうか」

「うん」

一晩ゆっくり休んで、陽が出てから少しして起床。

二人とも朝は苦手ではない。

それに、冒険者はこの時間から活動することも珍しくはない。

なのでいつも通りのこと、平常運転だった。

組織の人間から適当にパンを一つもらい、いざ出発。

少し歩いて、凛とミューラは黒宝会の建物に到着した。

立っていたチンピラどもの中に、昨日案内をした男がいた。

「おう、あんたらか。一応確認だ。短剣を見せろ」

「これ」

「うし、入っていいぞ。今は準備中だぜ」

「分かったわ」

案内はないようだ。

言われているのは、入ってから三つ目の扉。

応接間ほどに立派ではないが、普通に過ごす分には十分な部屋だ。

ここを、待機部屋として使ってもいい、ということだ。

なぜ宿泊場所を本部と分けているのか。

理由は別になんということはない。

組織の人間ではないのだから、ここに置くことはさすがにできない、というもの。

当然の話である。

単なるけじめの話。

さて、準備中とのこと。

何を、と問うまでもない。

こちらから攻め入るための準備だろう。

「リスクを負ってもらう以上、こちら側の被害は少なくしないといけないわね」

「そうだね」

不意を打つのが常套《じょうとう》手段と言っていた。

だが、今は大手を振って攻め入るための準備をしているという。

確認はしていないが、お互いにお互いを監視しているのが間違いない以上、カウンターを食らう可能性が高い。

そこはフォローしてしかるべきだ。

部屋には飲み物が用意してある。

水差しにある水は綺麗だ。

さすがに高級ホテルのように冷えてはいないものの、泥をすることも珍しくはないスラムでは綺麗なだけで高級品だ。

コップに二杯水を注いで、二人で飲む。

特別喉が渇いていたわけではない。

ただすることがなかったので、とりあえず水でも飲むか、という感じである。

「うん、美味しいわね」

「そうだね」

ペットボトルの水ほどではないけれども、間違いなく美味しいと凛は思う。

スラムという場所補正がかかっていることは否定しない。

こんなところでこんないい水が飲めるなんて……というのは、正直、ある。

ここは本当に力がすべて。

強ければ大きな利が得られるし、搾取される側はパンくず一欠片《かけら》さえ手に入れられない。

一方で奪われ続けている者がいることも事実だが。

そんな表情をしていたのだろう。

ミューラが首を左右に振った。

「気持ちは分かるけれど、施しに意味はないわ」

その通りだ。

たかが一人の手で救える人数には限界がある。

それに、一度だけパンを配ったところで、根本の解決にならない。

仕方がない、その言い分は分かる。

ミューラとてこの現状を良いとは思っていない。

そこに横たわる者を助けてあげたいと思う。

しかし、一人救っただけでは意味がない。

誰かを助ければ、平等に助けろ、と言われてもおかしくない。

そういう者たちに一気になだれ込まれてはキリがない。

お金には困っていないし、稼ごうと思えばいくらでも稼げるが、それはあくまでも、自分とその周辺に限った範囲での「いくらでも稼げる」だ。

さすがにスラムをどうにかできるだけのお金を稼ぐのは不可能。

何より、スラムは黒宝会や青竜陣といった組織のテリトリーだ。

そこにはそこのルールが存在するので、勝手に動くのははばかられた。

聖都ギルグラッドのスラムなのだから、その国がどうにかするべき、というそもそも論もある。

結論が出たところで、扉がノックされる。

「どうぞ」

「邪魔するぜ」

入ってきたのは黒宝会の頭目ゲンツだった。

彼は一人の子分らしき少年を連れてきていた。

凛とミューラより少し年上くらいか。

「よう、早いな」

「冒険者だもの」

「それもそうか」

冒険者の朝が早いというのは、彼にとっても共通認識のようだ。

「さて、準備ができたぜ。これから西に向けて人を出す。おい」

ゲンツが少年に促すと、彼はテーブルに持っていた紙を広げた。

その際、凛とミューラをにらみつけた。

納得がいかないのだろう、二人の優遇が。

凛とミューラはそれに触れずスルーしたのだが、ゲンツは少年の挙措《きょそ》を見逃さなかった。

「おい、俺の客に文句があんのか」

ゲンツは少年の胸倉をつかみ、右手一本で宙づりにした。

まだまだ線が細いとはいえ、このスラムで見いだされたとあって結構な筋肉を持っている。

そんな少年を片手で吊り上げるのだから、その太い腕に見合った腕力があるということ。

「ぐ、え……」

文句があるにせよ、ないにせよ。

声が出せる状態ではなさそうだった。

「何のためにてめぇを連れてきたと思ってやがる」

ゲンツがすごむと、少年は辛うじて一度うなずいた。
「ったく」
ゲンツが手をはなす。
どすんと少年が尻から床に落ちた。
「すまねぇな。お前らみたいな一流を見てなんか感じてくれりゃあ、と思ったんだが」
後継者か、将来の幹部候補か。
何を見据えているのかは分からないが、期待しているのは間違いないだろう。
間違いなかった、になるかもしれない。
この件が彼の将来にどう影響するのか。
それはゲンツ次第であるし、凛とミューラの関知するところではない。
「まあいいや。こいつはスラムの大雑把な地図だ」
簡単にではあるが、スラムの構造が書かれていた。
地図を見る限り、凛が歩いた場所も記載されている。
ざっくりだけれども、おおむね正確というところだろう。
ゲンツは情報や地理を把握することの重要さを理解している。
乱暴そうな見た目どおりではないわけだ。
そうでなくては西側を代表する組織の頭目は務まらないのだ。

「金を出して作らせたやつだ。まああの精度だな」

「悪くないわね」

「よく分かるよ」

「……でだ。東側の中心地は大体この辺。そんで、こっちから撃って出る場合、ぶつかる場所は大体この辺になるだろうぜ」

ゲンツが二か所目として指さしたのは、西と東のちょうど真ん中からやや西側に寄ったところ。

ほぼ中間地点だ。

つまり、ゲンツとワンシェンの動きを察して迎え撃とうと進撃してきているということ。

「分かったわ。なら、あたしたちは前線の少し後ろから様子を見ながら支援するわ」

「そうだね。前には、出ない方がいいでしょ？」

凛とミューラがそう言うと、ゲンツは納得とばかりにうなずいた。

「そうだな。そうしてくれると助かるぜ」

彼らにもメンツがある。

助力を乞うたにせよ、いきなり頼るわけにはいかない。

支援はしてもらっても、あくまでも主導は自分たちである必要があった。

「そういうわけだ。じゃあ、さっそく行くぜ。今回は俺が率いてワンシェンはこっちで控える段取りだ」

「分かったわ」

「了解だよ」

その辺の采配にまで口を出す気はない。

話は済んだとばかりに、ゲンツは少年に地図と部屋の片づけを命じて出ていく。

その後ろに凛とミューラは続いた。

少年を部屋に残して。

◇◆◇◆◇◆◇◆

太一の周囲には合計一〇個の火球が浮かんでいる。

大したことではない。

この程度のことは、太一にとっては難しくはない。

しかし、やっている側からすると難易度が高いと感じていた。

その理由は。

「ようし、じゃあ次は、水だ」

サラマンダーの言葉を受けて、犬や猫、小鳥を象った水が複数出現した。

攻撃にも使える威力を保持しているので、なかなかの無駄なことをしているともいえる。

ただ高威力の水の魔法を使うだけなら、形など不定形でも良いのだから。

それでもこうして形を作っているのは、ひとえにサラマンダーからの課題だからに他ならない。

最初に浮かべていた炎も当然ながら攻撃に使えるものだった。

そのうえで球形が崩れてはいけないし、温度も一定の範囲から外れてはいけない。

「次、土」

更なる別属性の同時発動。

剣や槍、斧《おの》などを象った金属を作り出す魔法。

こちらも前三つの属性と同様に攻撃力を持っている。

どの攻撃も、その辺のAランク程度の魔物相手なら過剰な攻撃力だ。

一発一発の威力をみればツインヘッドドラゴンでさえ無防備に当たることはできないだけの破壊力を秘めている。

悪くはないな、と言いたげにうむうむとサラマンダーがうなずいている。

その状態を保つこと数分。

そう、別に撃つでもなく、消すでもなく、ただそこにある状態でだ。

太一の顔色を見れば、それがどれだけ難易度が高いことかが一目で分かる。

これがエレメンタルの力を借りて行うことだったなら、苦労なんて全くない。

自分だけでやっているから大変なのだ。

「いいぞ、じゃあ次は風だ」

「……！」

声も出せない。

どれだけ集中しているか、ということだ。

そのうえで更なる追加。

指と指の間すべてに五〇〇㎖ペットボトルを持ちながら片足で立ち、更に頭を上に向けて額に新たにペットボトルを乗せよう、というようなもの。

指がしんどいのにバランスまで取りながらさらに負荷のおかわり。

さすがにそれ以上は乗せられなくて。

太一が風を生み出した瞬間、拮抗《きっこう》していたすべてのバランスが崩壊、炎も、水も、そして土も。

そのすべてが存在を維持できずに消え去った。

「あー、ちきしょう！　いいところまで行ったのにな！」

それは間違いない。

少しずつここまで前進してきたのだ。

最初から、炎と水の維持までは問題なかった。そのうえで土を生み出すこともできた。

生み出した土を維持するのが困難、というところから少しずつ上達してきて、今では最後の属性、風を発動するところまで至ったのだ。

「まあまあだな、悪くねぇぜ」

サラマンダーの言葉は本心からだ。

できていないので褒められるほどではないけれども。

彼女とて、太一の上達を認めていないわけではなかった。

「風は一番長く使ってきて慣れてるし、馴染《なじ》んでるはずなんだけどな」

うまくはいかない。

一番最後、もっとも負荷がかかってくるところの一押し。

保っていた均衡が支えきれなくなってしまうのだ。

それは、扱いなれていて一番やりやすいはずの風であっても同様だった。

「いい修行になるだろ？」

「それはそう思う」

非常に厳しい修行だ。

厳しいから修行になる。

それはその通り。

現にひとつひとつ、課題をクリアしてきて今がある。

なぜこんなに難しいかといえば、太一が扱っているのは膨大な魔力だ。

その分、扱いも難しくなる。

凛やミューラ、レミーアも同じような修行はできるけれども、彼女たちはおそらく成功させられるだろう。

魔力操作能力で負けているとは思わない。

ただ、扱っている魔力の量と強さの桁《けた》が違う分、難しさも上がっているというわけだ。

「さあて、続きだ。休むのもほどほどにな」

「……おう」

魔力はそう消費してはいない。

肉体的にもだ。

メンタルには多少来ているが、まだまだいける。

太一は引き続き、修行に取り組む。

出来る限り早く終わらせて、凛たちを助けに行きたい、と思いながら。

◇◆◇◆◇◆◇◆

太一が引き続きサラマンダーの修行に励んでいるころ。

凛とミューラは、抗争が行われる地点の近くにある建物の屋根の上で、状況を見守っていた。

今はちょうどにらみ合いが行われているところだ。

奇襲だまし討ちバックアタック上等、というのがスラムにおける大規模な武力衝突の常ではある。

しかし今回、奇しくも黒宝会と青竜陣ががっつり準備をして攻め入ったわけで、受けて立とうと進撃してきた東側の組織も身構えた結果だった。

なし崩し的にどこかで衝突が始まり、それが伝播《でんぱ》していって地域一帯が非常に危険な場所に早変わり……というのがいつものパターンのようだが。

さて、いつまでもこのままでいても状況は変わらない。

ならば、動かすのはありではないだろうか。

凛は、念のため、少し離れたところに控えている連絡員のところに行く。

勝手に動いて、ゲンツの顔をつぶさないように。

「私たちの魔術を起点に、しかけてもいいと思うんだけどどう？」

にらみ合っている時間が惜しい。

そう思ったからこその提案。

凛、ミューラとゲンツの連絡役は、少し考えてから「ゲンツ様に確認する」と言って素早く去っていった。

屋根の上をひょいひょいと跳んでいき、あっという間に見えなくなった。

どうやらそういった特技を持っているようだ。

すぐに彼は戻ってきた。

無駄な動きもなく身軽で、かつ気配も薄いので敵側からは動きを察知されないはずだ。

プロの動きだった。

冒険者の斥候《せっこう》としても問題なくやれるくらい。

彼もゲンツにとっては重要な駒の一人なのだろう。

「ゲンツ様に聞いてきた。やっていい、とよ」

「そっか」

話が分かる。

「どこに撃ってほしいとか要望はあった？」

「被害は抑えめ、威力は高めでよろしく、だそうだ」

「分かった。……だって、ミューラ？」

「ええ、分かったわ」

凛とミューラは周囲を見渡して、標的になりそうな地点を物色する。

「あ、そうだ」

ふと、何かを思い出したかのように声を出したミューラ。

「なんだ？」

「知っている限りでいいのだけど、この辺を根城にしている人は避難しているのかしら？」

「ああ、そのことか」

得心した様子の連絡係。

「済んでるだろうよ。巻き込まれたら死ぬからな」

それはそうだろう。

両軍揃いの鎧《よろい》を着ていて、どちらの陣営に属しているのか、関係ない一般人なのか。

そういったことが一目で判断できるわけではない。

誰もが敵に見えて、誰もが味方に見える。

それでどうやって敵味方を識別するのだろうかという疑問も浮かぶ。

しかしそこはそれ、ゲンツ側は特に問題にはしていないので、彼らなりの判断方法があるのだろう。

シンプルに同胞の顔は覚えている、とか。

「巻き込まれたくないやつらがほとんどだろうからな」

そういった嗅覚は鋭い。

スラムでは兵士や騎士のように、法の代弁者が巡回しているわけではない。

自分の身は自分で守らなければいけないのだ。

「そう」

ならば問題はない。

もちろん気配は探して問題なさそうなところを撃つつもりであるし。

「なら、今から一〇〇数えたら撃つわ。ゲンツにもそう伝えておいてくれるかしら?」

「了解だ」

「じゃあ数えるわよ。一、二……」

ミューラが数え始めたのを見て、連絡係の男はサッと姿を消した。

ゲンツに伝えに行ったのだ。

先程、行って帰ってくるのに一分もかかっていないことを考えると、一〇〇の時間があれば十分だ。

そうして時間が来た。

「行くわよリン」

「うん」

二人とも火球を両手に生み出す。

そのまま、目算を付けたターゲットに向けた。

二か所でやっても良かったのだが。

同じ場所を二発撃った方がいい、と思ったのだ。

相手側の魔術師が気付いたがもう遅い。

二人の一撃は、標的にした無人の建物を一撃で吹っ飛ばした。

地響き。

凛とミューラが放つ攻撃魔術に耐えうる建物など、スラムには存在しない。

そもそも、精霊魔術を使えるようになる前から貴族の屋敷という頑丈な建造物でさえ軽々と破壊してしまう二人なのだ。

スラムのバラックなどが耐えられるはずもない。

なので、建物が吹っ飛んだことそのもので威力は図れない。

だから……。

凛もミューラも、地面をえぐるような『ファイアボール』を撃った。

とんでもない破壊力。

少なくとも、スラムの住人にとっては。

それは組織に属していても同様の感想だ。

これほどの魔術が撃てれば組織の幹部の座は簡単にかっさらえるが、それよりも表舞台に出た方がよほど実入りがいい。

そう、スラムにいるはずがない魔術師の魔術なのだった。

「うおおおおお!!」

鬨《とき》の声。

ゲンツ率いる一団が、凛とミューラの魔術を皮切りに一気に仕掛けた。

機先を制した側と制された側。

始まる前から、大勢は決まっている。

ゲンツはこの機を逃す手はない、とばかりに波状攻撃を指示している。

その様子を、凛とミューラは、現場からそれなりに離れた建物の三階の窓から見下ろしていた。

それは、黒宝会がアジトとして利用している建物だった。

ここと戦場に直線を引き、戦場と同じくらいの距離を更に離れたところに、東側の組織の支部がある。

お互い秘密にしているが、お互いにとっては公然の秘密。

痛い腹を探られないために、触れないのが暗黙の了解である。

それはそれとして、ここでお互いに監視しあえるこの場所は、ちょうど西側と東側の本丸の中間地点。

あくまでやや西寄りというだけで、ほぼ中間地点である。

必然的に、ここでぶつかり合うことになるのは確定していたということだ。

それはさておいて。

魔術を放ってから素早く撤退し、場所を悟らせないための処置としてここにすぐ移動してきた。

凛とミューラの移動速度ならば、連絡係の男の先導があればついていくことは難しくはない。

戦場からはさらに距離が離れたものの、ここからでも十分に支援は可能だ。

「本当に、ここから届くのか？」

連絡係の男は驚きを隠せない様子だ。

間違いなく矢は届かない。

黒宝会の中でもっとも弓が上手い名手であっても、この距離の射撃は射程圏外。

それを届かせる二人の少女は、もはや異常であった。

「このくらいの距離なら問題ないわ」

肉眼ではごちゃごちゃとやっている人混みしか見えず、細かいところまでは分からない。

けれども、視力を強化すれば全く問題はなかった。

「うん。一人を撃て、って言われたらできるよ」

「そ、うか……ならいいんだけどよ」

ここには他にも黒宝会と、青竜陣の人員が詰めているが、彼らも困惑気味だ。

ここから戦場に干渉するには、物理的に距離を詰めなければならないのが彼らの常識。

しかし凛とミューラは、ここにいながらでも支援ができるというのだ。

なお、青竜陣の者がいるのは緊急事態だからだ。

本来はお互いに鎬《しのぎ》を削る間柄の黒宝会と青竜陣。

しかし西側でいがみあっていては各個撃破されるという危険を感じた、ということで両陣営の上層部が一致。

こういった重要拠点には、双方の人員が配置されることに相成ったというわけである。

まあ、その辺の事情に、凛とミューラが立ち入る義理もなければ権利もない。

実際に命の取り合いが起きている現状、各々がそれぞれ命令された仕事をこなせばいい。

それはまた、凛とミューラも同じことなのだ。

窓際で椅子に座って休憩しているようにみえるが、実際にはかなりの警戒をしている。

気配察知、視力強化、魔力による探査と、複数の手段を切り替えながら、時には同時に。

戦場の移り変わりを逐一見守っていた。

二人が落ち着いているのは、現状西側が優勢であること。

そして万単位の軍同士がぶつかりあう戦場のただなかに立ったことがあるからだった。

それに比べたら、この規模で驚くには値しない。

とはいえ人死には出ているので、思うところはなくもない。

口出しをする権利はないので手は出さないし、一人一人を救っていられるほどに余裕はない。

戦場の支援が一番の理由ではないのだ。

ゲンツとワンシェンが言っていた謎の術師。

魔術ではない術を使うという、その人物。

男か女か、若いのか老人なのかすら分からないという。

その人物が出てきた時に、対処するためにここにいる。

そして、その時は、すぐにやってきたのだった。

「来た」

先に気付いたのはミューラ。

戦場を眺めて数分。

いよいよ東側の被害が重なり、西側勢力が勢いづこうとしてきたところだった。

「うん、来たね」

精霊の探査を利用していたミューラが先に発見した形だ。

さすがに精霊にはかなわないものの、少しだけ時間を置いて凛も見つけた。

その人物がいることを今になって認識できた。

戦場全体。

それこそ両軍の後方までくまなく探っていたのだが、その時には気付かなかった。

なぜ気付かなかったのかが分からない。

そこにずっといたのか、今になってやってきたのか。

それさえも分からなかった。

そういった技術を、持っているということだろう。

ミューラと凛の雰囲気が一気に変わったことに、一番近くにいた連絡係の男がまず気付いて。

続いてそれ以外の者にも伝わった。

「……いたか」

「ええ」

「うん」

二人の視線はずっと外に向いている。

内側にはちらりとも目を向けない。

ここにいる理由は、これこそが本題だからだ。

「じゃあ、私たちは行くよ」

「ここは任せたわ」

「ああ、頼む」

その不可解な術師は、放っておくと被害が出てしまう。

ただ被害が出るのではなく、防ぎようのない被害が出てしまうというのだ。

そうした被害を減らすのが凛とミューラの仕事。

だからこそ。

二人は窓枠から飛び出し、空中を飛んでいくかという勢いで跳躍した。

それも上にではなく、地面と平行からやや斜め下に。

戦場に現れた標的に向かって、定規で線を引くようにまっすぐに。

高速で飛来する二人を、戦場のただなかにいて命の奪い合いをしている者たちの中で気付ける者はごく少数だった。

一瞬でその人物のもとに到達した。

全身を覆うローブのため、人相も何も分からない。

もっとも、相手がどんな存在であろうと関係ない。

まずは。

「ここから引っぺがす！」

跳躍したところからくるりと体勢を変更して、後ろ回し蹴り。

高速の飛びかかりによる速度と強化魔術によってパワーが増した一撃。

ドゴン、と響いた衝突のせいで、一番近い建物の土壁にひびが入る。

ローブの人物はギリギリで障壁らしきものを生み出して直撃は防いだようだ。

この威力と速度の一撃を防ぐのに成功しただけでも、かなりの実力者であることは分かる。

直撃のダメージはなさそうだ。

しかし、衝突による運動エネルギーまでは殺せなかったようだ。

ローブの人物が吹き飛んだ。

そこに、追撃。

一対二を卑怯だとは思わない。

恵まれた魔力量と魔力強度にものを言わせて右手に風を一気に圧縮。

「はっ！」

着地した瞬間に地面を蹴って更に距離を詰めながら、空気砲として一気に放出した。

ドン、と空間がゆがむ。

余波で周囲のチンピラを吹き飛ばしながら。

ローブの人物が作り出した障壁を、炸裂した空気が強打した。

更に加速して建物に突っ込み、破壊しながらも進んでいく。

凛とミューラは吹き飛んだ人物を追った。

砂煙の中、更にその先へ。

しばらく進んだところで、ローブの人物はふらりと立ち上がろうとしているところだった。

凛とミューラが追撃のために高速で迫っているのを見て、ローブの人物は手のひらを出す。

手を出されたくらいで止まるつもりはなかった二人だったが。

「やっと接触できました」

その言葉には、足を止めざるをえなかった。

ミューラは抜いた剣をすでに振っていた。

なのでその剣はローブの人物の手を切り落とす直前で寸止めされ。

凛は更に追い討ちをかけるために手に握っていた炎の槍を、すんでのところで明後日の方向に放った。

炎の槍が火の粉という軌跡を描いて空を飛んで行った。

「……どういうことなの？」

ミューラは剣をそのまま構えながら問う。

「私はカシムやロドラ殿と志《こころざし》を共にする者です」

少女ではない、大人の女性の声。グラミよりも年上だろうか。

「……本当に？」

凛の口から半信半疑な声が出た。

そんなことを言われても、何を根拠に信じろというのか。

そう返されることは分かっていたようで、ローブの女性からは慌てた様子は見えない。

「ええ、本当です。これに見覚えはありますか？」

そう言って取り出したものに、凛は見覚えがあった。

「天秤……！」

覚えている。

忘れるわけがない。

ロドラ元枢機卿《すうききょう》が持っていた天秤だ。

当時はこれによって足を止めさせられた。

効果は確か。

「魔術の反射……」

「覚えていらっしゃったようですね」

ローブの女はフードを外した。

その下から現れたのは、三〇を過ぎたトウの立った女。

結構な美女ではあったが、それだけ。

もう自分が美人であることを何とも思わなくなっていそうな女だ。

特殊な妖術を使う、という情報とはどうにもむすびつかない、普通に美女なだけだった。

「……」

ミューラもピンと来た。

かつてまだ実力がグラミに及ばなかったころ、不意打ちを受けて捕らわれの身になった時。

意識はまだはっきりしていなかったが、助けに来た凜が、現れたロドラとカシムに攻撃を加えられずみすみす取り逃がす、という一幕があった。

その時凜の行動を縛ったのが、その天秤だ。

「実際は大したものではありません。これは魔術を一度跳ね返したら、後はゴミになるだけですから」

女は天秤を乱雑に地面に落とすと、踏みつぶして破壊した。

その雑な扱いで、大した価値があるわけでもないことが分かる。

なるほど、あの時は焦ってもいたし、そんなはったりも見抜けなかったわけだ。

過ぎたことを気にしても仕方ない。

「まあ、これだけで信じろというのも虫がいい話ですから……私の目的からお話ししましょう」

聞いた話を要約すると。

彼女もまた、この件について探っている一人で、カシムやロドラと同じ側であるという。

他にもいろいろなところで、この紫色の結界の解決方法がないか、そのヒントを探るために動いているのだそうだ。

その中で女は、スラムの中に潜り込んで何かきっかけがないかを探っていて、東側勢力に潜り込んだそうだ。

彼女の実力を見た組織の頭たちが共謀して西側に戦を仕掛けたが、スラムの勢力がどうなろうと興味はないし、それでヒントを得られるならそれでもいいと戦いに参加しているとのこと。

それなりに長話になったがケロリとした様子の女。

先程の戦闘のダメージはあまりないようだ。

「ずいぶんとタフね」

思ったことをそのままぶつけてみる。

すると女は苦笑いした。

「わたしは防御と小細工に特化しているんですよ。代わりに攻撃力は大したことないんです」

なるほど。

その言葉通りなら、強力な攻撃を防ぐことは可能。

タンクとしてなら生きるというわけだ。

代わりに、アタッカーがいなければ特徴を十全には活かせない、ということのようだが。

「なので、あなた方と戦った場合は、一分持たずに防御が途切れて終わりです」

「そうなんだ。妖術で？」

「ええ」

やはり妖術だった。

それについても疑問はあるが。

「これ以上話していると不自然です。ある程度戦った後、わたしを退けた、という形にするのはいかがですか？」

その後に連絡をするので、この場はその形にすれば東側は退くので今回の抗争は終わる、と彼女は言った。

妖術についても聞きたいことはあったが、確かに彼女の言う通り、これ以上の引き延ばしは不自然だろう。

「助っ人として、負けてもいいのかしら？」

「先程も言いましたが、別にスラムの勢力争いがどうなろうとどうでもいいのです。それに、彼らはわたしを手放すことはできませんよ」

ミューラの問いにあっさりと答える。

なるほど、それだけの立ち位置を築いているようだ。

まあ、彼女が同じ目的で行動しているというのなら、味方までいかずとも、敵にはなるまい。

敵にならないだけでもありがたいことだ。

ここで更に戦わなければいけない相手が増えるなど、面倒なことこの上ないのだから。

今回の争いをここで終わりにする、という点については賛成だ。

もともと東側の組織お抱えの妖術師をどうにかして欲しい、という依頼だった。

正体も分かった。

聞くところ目的は同じのようなので、そういう意味では敵ではないと考えられる。

とはいえ味方でもないだろう。

「後でまた連絡を取ることにして、この場はここでお開きにしようか」

凛の言葉が引き金になった。

ミューラと凛で周囲の気配を探り、ここにも人がいないことを確認すると。

二人で火球を適当に周囲にばらまいた。

放つタイミング、弾速も違う複数の火球がそこかしこで次々と炸裂。

会話をしていたところを見ていない限り、しばらくのにらみ合いから一気にぶつかった、という状況を演出した。

先程の凛とミューラの攻撃の破壊力を知っていれば、わざわざ巻き込まれにやってくるチンピラもいるまい。

さて、演出はこのくらいでいいだろう。

ミューラが女を見ると、彼女はうなずいた。

「ちゃんと防いでちょうだいよ」

来た方向に吹き飛ばすため、回り込むミューラ。

女は障壁を張ることで返事をした。

『フレイムランス』

中級魔術の炎の槍。

高威力がウリの魔術だ。

弾速が遅かったりする代わりに、当てられるなら上位魔術にも劣らぬ破壊力を誇る。

避けるのではなく防ぐと分かっている相手に撃つのなら、『フレイムランス』は絶大な効果を発揮する。

これまででもっとも大きな爆発が起き、女が吹っ飛んだ。

直撃だ。

凛が続いて風の魔術を放った。

女が吹き飛んで行った。

追いかけねば。

凛もミューラも、その場から一気に加速。

女を吹き飛ばした方に向かって駆けだした。

さあ、ここからは茶番の時間だ。

女はざざざ、と地面を削りながら止まった。

先程の攻撃で崩れた建物のがれきから現れた女に、スラムの者たちは皆注目していた。

そんな彼女から十数メートルほど離れたところに、凛とミューラが着地した。

うまいところミューラの攻撃に通したようで、多少ローブやら何やらが焦げたりしている。

「ここまでね」

「おとなしくしなさい」

凛とミューラが発した言葉からは、面倒だった、という色が混ざっている。

実際面倒だったのは間違いない。主に状況に対してだが。面倒というよりは、ややこしい、という方が正確だが。

偽装も派手にやったので、そのように思っていても無理はない、というところだ。

少なくとも当事者以外には、しばらくにらみ合い、後に戦闘に発展。

凛とミューラがローブの女を叩きとばしてこうなった、という風に思うだろう。

一瞬の戦いだったが、それなりに厄介だった。

そう思わせるためのもの。

簡単ではない相手。

別に瞬殺だった、としてもよかった。

けれどもそうしなかったのは。

「……ここは、そちらの勝ちとしましょう」

女はそれだけ言うと、ふっとその場から消えた。

姿が一瞬で見えなくなった。

東側勢力のど真ん中。

頼りの妖術師が勝手にいなくなってしまったことに、周囲のチンピラが焦りを隠せなくなっている。

実際にはまだそこにいる。

ただ単に姿が見えなくなっただけだ。

彼女はそのまま跳躍して建物の上に登った。

それが理解できる者は、この場にはいなかったのが幸いした。

いや、それが分かっているからこそ姿だけを消してあたかもこの場からいなくなったように見せたのだろう。

気配が探れない者にはそう見えても仕方がない。

「チッ、逃がしたか……」

ミューラも周囲の者たちに乗っておく。

都合がいいからだ。

「まさか、転移？」

「冗談じゃないわ。転移なんて、そんな……」

本当に転移なら、それこそ冗談じゃない、という言葉は本心だ。

そうじゃないからこそ、口にできたともいえる。

「……ま、いなくなったのなら都合がいいわ」

「そうだね」

凛とミューラがそう言って周囲を見渡したのが引き金になった。

東側勢力のチンピラどもは一気に気勢を削がれ、蜘蛛《くも》の子を散らすようにいなくなったのだった。

◇◆◇◆◇◆◇◆

「おう、無事に退けられたようだな」

東側勢力が撤退したことで、戦闘が無事終了した。

今は黒宝会の本拠地でゲンツに報告をしているところだった。

彼としてはまずまず、満足できる結果だったようだ。

本当ならその場で倒した、という報告を聞けるのが一番だったのは間違いない。

だが、逃しはしたものの戦ってみて終始優位に事を進めて逃走させた、というのは、ゲンツにとっても明るいニュースだった。

「防御と小細工が得意なやつだったわけか」

「ええ。攻撃力はたいしたことはなかったわ」

「その分、色々とできるみたいで、強いというよりは面倒くさい、って感想だったかな」

「そうかい……」

少女二人の言葉に、ゲンツは腕を組んだ。

なるほど、正攻法ではいかない相手。

あれやこれやと搦手《からめて》を使い、相手を混乱させたり罠《わな》に陥れたりする。

そのうえで自身は防御力が高く、搦手の阻止が難しい。

実に、実に厄介。

凛とミューラをこちらに引き入れたのはまさにファインプレーだ。

彼女たちがいたからこそ、術師の女を退けられたに違いない。

ゲンツが思ったのは、スラムの人間に対して相性最悪、ということだ。

良くも悪くも筋力自慢が多く、こざかしいマネが出来る者はそう多くはない。

さらに魔術に精通する者も少ない。

というよりほとんどいない。

魔術が使えるのなら、今頃スラムになどいないからだ。

陽の当たる世界で、いくらでも飯にありつけるし、屋根のある部屋で寝られる。

魔術が使えて、それでいてなおスラムに居つくような人間はスネに疵《きず》がある連中ばかりだ。

そういう人間はスラム以外で生きていくことができない。

さまざまな理由から、社会からつまはじきにされて来ているからだ。

そして、魔術が使えるとはいえ、実力が足りていたらここにはやはり来ていないのだ。

それを考えると、スラムの戦力でそういった搦手を得意とする、魔術ですらない術を使う面妖な相手をどうにかできるとは思えなかった。

「ま、ともあれ助かったぜ。お前らがいたからこそ対抗できたって言いきっていいだろうからな」

「そう。まあ、あたしたちも引き受けた以上は結果を出さなきゃいけなかったからね」

「満足してくれたのなら良かったよ」

正直なことを言ってしまえば、このスラムがどうなろうと関係ない、という妖術師の女の言葉。

それについては、凛もミューラも同意できる。

彼女ほどドライになれないだけで、スラムの勢力争いをどうにかするのが主目的ではない。

あくまでも、ここを調査するために、組織からの理解を得られていた方が動きやすいから協力しているのに過ぎないのだ。

完全に無視してなわばりを荒らしてもいいのだが、面子が重要なスラムの組織と喧嘩《けんか》になれば、それをどうにかする手間が生まれる。

そんな暇はないわけだ。

まあその代わり、協力した黒宝会と青竜陣には一定以上の成果を供与する必要がある。

Aランクなのだから当然だ。

分かっている依頼主は、Aランク冒険者に対しては破格の報酬を用意する。

一度引き受けたからには、相手がスラムの裏組織であっても、報酬分は返さねばならない。

ここで下手な結果を残すと、その評価は他のAランク冒険者にも波及する。

スラムだからと甘く見てはいけない。

彼らの手腕があれば、噂話をばらまくことだって可能なのだから。

まあ、こうして気を付けている以上問題はないのだが。

「おう。そんじゃあ引き続き頼まあ」

「分かったわ」

「じゃあ、何かあったら連絡お願いね」

凛とミューラはゲンツのもとを辞して、スラムの拠点に戻る。

ここも監視はされているだろう。

とはいえ、こちらを疑っているというよりは、動向を窺《うかが》っている、というところか。

こちらが出かけたりすれば、それがゲンツやワンシェンの耳に入るようになっていると思われる。

凛とミューラを疑っていないわけではなかろう。

それが当たり前だ。無条件に信用されるほどに人となりが知られているわけではない。

とはいえ、こちらを露骨に疑い監視したらどうなるか、それが分からないゲンツとワンシェンではないだろう。

近場を散歩するくらいなら問題なかろうが、派手に動くと目につくだろう。

逆に言えば、おとなしくしていれば問題ないということ。

「……きたわね」

窓際に立ったミューラがおもむろに窓を開ける。

あたかも、外の風を浴びるかのように。

そうしてしばらく窓から外を眺めて、顔を引っ込めて窓を閉めた。

「気付かれていないでしょうね？」

そう部屋の中に声をかける。

凛に対してではない。

「もちろんです。わたしに気付けるような人はそういませんよ」

そこには、ローブの女が立っていたのだった。

姿を消してこっそりと。

ミューラが窓を開けた瞬間に入ってきたのだ。

窓は人二、三人は横に並べるくらいの広さがある。

それを全開にしたのだ。

ミューラを避けてこっそりと入って来るくらいは問題ない。

月明かりも雲に隠れていることが多い夜空では、余計に見えづらいだろう。

気配を感じる力がなければ。

逆に言えば、そういった感覚が鋭い者ならば、実際姿が見えなくてもそこにいることを察知することは可能だった。

ミューラが窓を開けたのも、姿を不可視化し気配を薄くしてこちらにまっすぐやってくる者がいたからだ。

それだけなら窓を開ける理由にはならないが、気配は二人とも覚えがあったのである。

「わたしもあなた方のことを注視していましたが」

はっきりとした言葉は言わないものの、何らかの方法で凛とミューラのことを知ったのだろう。

気配や姿を隠していなかったとはいえ、ピンポイントで探し当てるとは、彼女もなかなかのものだ。

「それも妖術？」

凛がそう尋ねると、彼女はうなずいた。

「妖術にも、そういうものはございます」

そう、気になっているのはそこだ。

そもそも妖術とはなんぞや。

一番気になっていたのはそこだった。

「妖術が何か、ですか……こちらの世界では見ないものですものね」

こちらの世界では見ないもの。

魔術についてはレミーアから薫陶《くんとう》を受けているためにそれなりに精通している自負はある。

完璧にマスターしているなどとは口が裂けても言えはしないし、魔術についてずっと研究している学者には及ばない。

あくまでも学問としてではなく実用のための知識なのでそこは仕方ない。

それを差し引いても、凛とミューラの知識が豊富であることは、客観的にも間違いないだろう。

さて、そんな凛とミューラから見ても、妖術というのは魔術ではできないこともできている印象だ。

物珍しいのは間違いない。

そのうえで魔術では叶わぬこともできるとなれば、そもそも何なのだこれは、という謎がずっとあったのだ。

レミーアは多少知っているようだが、彼女も使えるわけではない。

彼女はあくまでも魔術の権威。

妖術に関しては、実際に行使している者には及ばないだろう。

「妖術は、一言で言えば、魔術を扱えない者が、魔術に対抗するために生み出されたものです」

なるほど？

ミューラは腕を組み、凛は顎《あご》に手を当てた。

「魔術というのは、それを使えない者に対しては圧倒的なアドバンテージです。それは分かりますね」

うなずく。

冒険者という職業だって、魔術が使えないと就けない職業だ。

魔術をそれなりのレベルででも使えるようになると、一般人と真正面からぶつかり合ってもまず負けない。

相手がどれだけ鍛えていたとしても。

魔術を使い始めた冒険者の線が細くて枝のようだ、と揶揄《やゆ》されていても、だ。

それほどに差が生まれる要素。

言葉は悪いが、圧倒的な格差を生み出すもの。

それが魔術である。

「魔術を使える者にとってはそれでいいのです。ですが、魔術が使えない者は、ただそのままやっていても到底魔術師に対抗することはできません」

彼女が言うことももっともだ。

妖術とは――生命力を代価として支払って行使するもの。

魔術に比べてリスキーではある。

しかしそのリスクに見合ったリターンがあることもまた、事実。

そうでなければ妖術はとっくに廃れていただろう、と女は言った。

まず、曲がりなりにも魔術師に対抗できうる力が得られること。

そしてもうひとつ。

魔術ではできないことも、妖術ならばできるということ。

なるほど――

「例のキメラを作るのも、妖術なのかしら」

ミューラの言葉に、ローブの女はうなずいた。

こうして聞くと、魔術と妖術。一概に優劣がつけられるものでもなさそうだ。

凛は考えてみる。

魔術に対抗する手段があって、対抗せねばならない立場だったらどうだろうか。

そして目の前に妖術という手段があったら。

手を伸ばしていたかもしれないと思う。

いかに危険があろうとも、何も対抗手段がないよりは。

いざというとき自分の身を守るためだけでも。

「……話が逸れてしまったわね。すり合わせだったのに」

妖術についての情報収集も重要ではあるが、当初の目的はそれではない。

現状についてのすり合わせのために、彼女にはわざわざリスクを負ってまで来てもらったのだ。

なのに丁寧に答えてくれた彼女に感謝しつつ、いざ本題に入ろうとして。

「その必要はないわよ」

この場にいた誰の者でもない声が、三人の鼓膜を揺らした。

バッと素早く動いた。

知らない声。

知らない気配。
警戒するのは当たり前だ。
凛は杖を構え、ミューラは剣の柄を握っていつでも抜けるようにした。
ローブの女も一瞬の遅れをもって戦闘態勢に入った。
刹那《せつな》漂う緊迫感。
凛、ミューラ。
そしてローブの女。
全員がAランク冒険者相当の実力者。
いずれ劣らぬ実力者の三人が醸し出す戦闘の空気。
そのプレッシャーは相当なものだ。
普通の者ではしゃべることもままならないほど。
スラムの者相手ならばまず使わない全力の警戒だ。
にもかかわらず。
「うんうん、悪くないわね」
ハスキーな女の声は、とても満足げだった。
三人からの戦意を浴びてなお、むしろ心地よさそうにそう言ったのだ。
「……誰なの？」

警戒心を解かないまま、凛はその人物に声をかけた。

ちょうど月が雲に隠れていて姿が見えない。

ローブの女がやってくるということで姿が見えないとはいえ、暗闇のなか光を受けたら影ができるかも分からない。

そういうことが起こらないよう、念のため明かりを消していた。

その結果、月の明かりがない現状、部屋の中は真っ暗。

気配でどこに誰がいるかは分かるが、姿が見えない。

火の魔術で明かりはともせるのだが。

動くのはためらわれた。

お呼びではない四人目が、それほどに異様な空気を発していたのだ。

そのタイミングをはかっていたのかどうかは定かではない。

間違いなく空気など読んではないだろう。

なのに、まるで演出かのように月の光が部屋に差し込んできた。

部屋の中が柔らかい夜の明るさに包まれる。

招かれざる四人目。

彼女は、部屋の端に置いてある椅子に腰かけていた。

足を組み、その膝に肘《ひじ》をついて顎《あご》を乗せ、怪しげな笑みを浮かべて凛とミューラを見つめていた。

「ふふふ。わらわはアンテ。竜人のアンテというのよ」

妖艶な言葉が耳朶《じだ》を打つ。

アンテと名乗った女は、三人から戦意を叩きつけられているというのに、相変わらず平常心のままだ。

濃い緑色の長髪を無造作に後ろに伸ばしており、全身を鎧《よろい》で包んでいる。

戦闘しに来た、というわけではないだろう。

警戒心マックスの凛たちに対し、アンテはまったく動じていない。

「アンテ……」

「で、そのアンテさんがどんなご用事？」

ミューラがそう声をかけると、彼女は楽しそうに口の端をあげた。

「ご挨拶《あいさつ》よ。わらわの敵になるという者に、ね」

その言葉は純粋な喜色に満ちており、馬鹿にする意図は感じられない。

そう思うのも、このアンテという女が、凛とミューラよりも間違いなく格上だろうからだ。

実際に戦って肌で感じたわけではない。

アンテの戦いを目撃したわけでもない。

だが分かる。

このアンテ、強い。

「へえ、敵なの？」

「そうよ。この紫色の結界。これはわらわのところでやっているものだわ」

「……！」

唐突なネタばらしに思わずたじろいでしまう。

どういうことだ。

まさかの、だ。

敵側の、それも雰囲気的には間違いなく重要人物がこうして姿を見せるとは。

普通なら迂闊《うかつ》、と、ともすれば敵を馬鹿にしてしまいそうなところだが、凛もミューラも、とてもではないがそんな気にはならなかった。

それは彼女の存在感ゆえだ。

（これは……）

先程感じた強い、という感想に間違いはなさそうだ。

強敵だ。

間違いなく。

敵の目の前にわざわざ出てくるこの胆力。

圧倒的な自信がなければここには来ない。

そして自分の経験上、自信というのは往々にして根拠があるもの。

それは凛もミューラも同様だ。

精霊魔術師となり、出来ることが増えてより強い敵とも戦えるようになった、ということこそが自信。

そう、身に覚えがあるからこそ、分かるのだ。

アンテの身体から満ちあふれているのが自信だということが。

単独でやってきても、この場でどうこうされることはない、という確信があるのだろう。

「安心なさい。この場でドンパチやろう、というつもりはありません」

とアンテは言う。

それを信用できるとでも思うのか――

思わずそう反発しそうになったものの、考え直す。

実際に、アンテからは敵意はもちろん戦意すらないのだ。

今のところ言動と態度が一致しているわけで、下手に藪《やぶ》をつついて蛇を出す必要はない。

信用できない、と口走ったせいで「ならこの場でやろうか」と戦闘に陥る方がまずい。

イニシアチブを取られているのはもはや仕方ない。

相手の方が上手だった。

ここはそれを認めて、相手に満足してもらいお引き取り願うのがいいだろう。

「わらわたちの心臓にたどり着きなさい。たどり着いた暁には、わらわが立ちはだかりましょう」

そうアンテは笑う。

彼女が笑っていて穏やかな分にはそれでいい。

「分かったわ。急所を探せばいいのね？」

「ええそうよ。見つけられるものなら、ね？」

という挑発的な言葉が、嘘であることは探らずとも一目で分かった。

嘘である、本音ではない、ということを隠すつもりはないらしい。

必ず探し出せ、という意味を込めて言っていそうだ。

いつまでも待っているのはごめん、ということなのだろう。

探せ、ということは、今後も隠れてはいる。

だがそれも、アンテ自身がやりたいことではないということだ。

つまり誰かへの義理立てで隠れているだけで、彼女自身はそれをまだるっこしいと感じている。

「絶対探してみせる。その時は改めて、尋常に」

快活ではあるものの、決して大きなことは言わない凛の、威勢のいい言葉。

その言葉に、アンテは嬉しそうに笑った。

実力者である彼女に面と向かって宣戦布告をしてきた者などいなかったに違いない。

それほどまでに、強い。

少なくとも、精霊魔術を使えなかった以前の状態であれば、太一に任せる以外の選択肢がないほどに。

「その意気やよし。わらわも小細工なしで参るとしましょう」

凛とミューラから戦意を感じたことでどうやら満足したらしく、アンテは立ち上がると。

「では待っています。せいぜい、わらわを失望させないことね」

そう言い残して、アンテはふわりとわずかに浮かび、その場から消え去った。

次の瞬間、既に気配はもちろん、そこにいた痕跡すら何一つ残っていなかった。

「……ふう」

彼女の存在感を受け止めていた凛が、大きく息を吐いた。

ミューラもまた、剣の柄から手をはなし、身体から力を抜く。

がっぷり四つ。

真向から正面衝突。

今後必ず出会うことになるだろう。

その時に、背後から襲われる心配が減っただけでも大きな収穫だ。

肌感でしかないが彼女は精霊魔術を行使して全力でかかってなお、勝てるかどうかは未知数。

不意をうたれるのは面白くなかった。

面白くないで済めば御の字。

場合によってはその一撃でほぼ間違いなく決まってしまうだろう。

だからこそ相手の興味を引き、正面から正々堂々とぶつかり合うことができないかと考えたのだ。

その辺凛とミューラで打ち合わせは一切していなかったが、考えたことは一緒だった。

これが成功しなかったら、アンテの隙を窺《うかが》い不意を打たねばならない。

いったいどこまで察知されずに近づけるのか。

そんなことをするくらいなら、まともに戦う方がいい。

まだマシ、というレベルではあるのは間違いないけれど。

「……さすがですね」

アンテが消えてから壁に寄りかかっていたローブの女が、搾りだすように声を出した。

堂々と相対していた凛とミューラ。

二人と違い、アンテの存在感に終始圧倒されていたローブの女は、立っているだけで精いっぱいだった。

アンテの方もローブの女には凛、ミューラほどの価値を感じなかったようで眼中になかったことも幸いした。

意識を向けられていたら気を失っていただろう。

最初から最後まで無視されていたからこそ、意識を保っていられたに過ぎなかった。

「どうやら、あの女があたしたちの敵みたいね」

「あなただと厳しいよね。まあ、私たちだって厳しいんだけど……」

厳しい。

ローブの女としては、敵対し実際に戦うことになったら天と地がひっくり返るような天変地異が起きたとしても勝ち目などない。

しかし凛は、絶対に勝てない、とは言わなかった。

無論簡単に勝てるとは思っていないし、一歩間違えば負けることも十二分にありえると承知している。

しかし、どうあっても勝てないのと、勝てる可能性が残っているのとでは、雲泥の差だ。

あれだけのプレッシャーを放つアンテ。

彼女に迫るだけの実力がなければ、勝ちの目など存在していない。

「いえ、厳しいで済ませられるのはよほどですよ」

本音だった。

彼女に勝てるには、一体どれだけの強さが必要なのか、ローブの女には想像もできない。

けれども、どうやら二人は違うようだった。

「さて、とんでもない相手が敵にいるわね」

ミューラが腕を組む。

正直な所感をいえば、これまでで一番かもしれない。

無論、凛とミューラが相対する相手としては、だが。

純粋な強さでいえばアルガティには及ぶまい。

アルガティと同じレベルでないことを感謝せねばならないくらいだろう。

「そうだね。とすると……」

「ええ。あたしたちとあなたたち、より密に協力した方がいいと思うわ」

「……そうですね」

アンテを見つけること。

そして、この事件解決のための手がかりを探すこと。

この二点について凛、ミューラと共同戦線を張ることは、女としても異論はない。

むしろそうすべき、と女が所属する組織で意見が一致したからこそこうして接触しているわけであり。

凛、ミューラと協力できる。

すなわち聖騎士とも協力できるということ。

凛やミューラ、聖騎士らがカバーしきれない穴を埋めていくやり方がいいだろう。

「そして、もしもそちらが先に見つけた場合は、すぐに私たちに通報できるようにした方がいいよね」

「そうですね。それは是非。私たちでは対処などできませんから」

そう。

女は、自分が所属する組織の中でも指折りの実力者だ。

攻撃力は下級戦闘員と同レベルではあるが、防御という一点に関してはほぼ最上位。

小技の数々のバリエーション、技術においても上位。

その力は誇っていいものではあるが……一方で、女を大幅に上回るような実力者は、存在しない。

誰も彼も、女と同じくらいの強さである、ということだ。

女と女の仲間では、アンテにはどうあっても対抗しえないということ。

その時が来たら、アンテに対して「厳しい」と言える凛とミューラに任せるほかないのだ。

そういう意味では、今宵無理をして会ったのは双方に良かった。

「連絡に、何かいい方法はあるかしら？」

凛とミューラサイドからの連絡は、その気になれば可能だ。

一度女をレミーアに会わせ、後はブリージアの力で報せればいいのだから。

ブリージアによる連絡は、シルフィの力を使う太一の応用だが、可能であろう。

ただ、同じことは彼女にはできまい。

ブリージアと同じことなど、風魔術が扱える凛にも不可能だ。

だが。

妖術ならば。

魔術とは形態の違う術ならば、何かがあるかもしれない。

「一度持ち帰って検討してみます。不可能では、ないはずです」

力強くはないが、どうにかしてみせる、という決意の言葉。

アンテという強大な敵がいることが分かった。

対アンテの段になれば、自分たちは役に立たないことも理解した。

その場にしゃしゃり出ても守られるだけ。ならば、自分たちが役立つには、アンテが出てくるまでの捜査で結果を出すことである。

探すのは自分たちでもできる。

探してからが本番である以上、その前哨戦《ぜんしょう》くらいでは存在感を見せつけたいところだ。

女から何かしらの思惑を感じた凛とミューラだが、前向きに意気込んでいるようなのであえて放っておいた。

彼女たちががんばってくれるならそれに越したことはないからだ。

アンテにたどり着くための戦いが始まったのを、凛もミューラも感じ取った。

◇◆◇◆◇◆◇◆

一度自分たちの指揮官のところに戻る。

ゲンツらには伝言を入れてもらい、凛とミューラはレミーアのもとに一時帰宅した。

「おお、戻ったか」

視線を手に持った書類と聖都の地図の間で行ったり来たりさせていたレミーアは、弟子二人の帰宅に相好を崩し、書類を机に置いた。

「今戻りました」

「うむ」

どうやら色々と報告は上がっているらしいが、そこから何かしらの成果に結びついているわけではないようだ。

さすがにそれが続けば嫌になるのも無理のないことで、レミーアがそうなっても仕方がないだろう。

「相変わらず、いまいちですか？」

ローブを脱いでハンガーに引っ掛けながら凛が問うと、レミーアは首をぽきぽきと鳴らした。

「ここ数日で、聖都全体の網羅は一度終わった」

「網羅はしたけれど、何もなかった、と」

「そういうことだ」

それは飽きてしまう。

シャルロットが連れてきている、書類仕事もできる騎士も同様に情報の整理を行っているが、新たな発見はないそうだ。

どこに違和感を覚えるか分からないので下手に手を抜けないのも、しんどい理由だろう。

それをやりたいかどうかで考えれば、辛い、辛くないはすぐに考えることができる。

「お前たちはどうだった」

レミーアは期待を隠さなかった。

何かあったからこちらに戻ってきたのだろうと予想がついたからだ。

今自分が見ていた資料をさっさと横に押しやって、さっそく弟子たちの言葉を聞く姿勢を整えるレミーア。

同じ作業をしていた騎士たちもその様子を見ていたが、何も言わなかった。

むしろ、凛とミューラが何を持ち帰ってきたかの方に意識を割いていたほどだ。

「進展と言えば進展でしょうか」

「私たちと同じく、この件に関して探っている組織の構成員と接触しました」

「ほう?」

興味深い、とレミーアはやや前のめりになった。

相手が聞く体勢を整えてくれたのなら、話しやすい。

頼れる師が相手ならばなおさらだ。

「スラムの一勢力に協力することで自分の地位を確立して動きやすくするのと、情報を集めやすくしていたようです」

「私たちと基本的には同じ目的でしたね」

凛とミューラも、スラムでの調査をやりやすくするため、スラムの西側勢力についた。

抗争があるので凛とミューラが潜り込むのにちょうどよかった。

スラムを調べ終わるまでもう少し。

終わるまではいるつもりだ。

ローブの女から、妖術についても教わったことも話した。

文献でしか知らなかったレミーア。

使い手からの直接の言葉とあれば、横道の話であっても興味を持たずにはいられなかったようだ。

さすがに研究者である。

「なるほどな。妖術とはそういうものか。厄介だな」

基本的には魔術が優れている、とレミーアは断言した。

それは、命を削らなければ一切行使できない妖術。

魔力がなくなるまではノーリスクで使える魔術。

どちらが優れているか、レミーアの中では考慮するまでもなかったようだ。

「もっとも、魔術の方が優れていることと、妖術が脅威でないことは、イコールにはならぬがな」

魔術ではできないことが可能な妖術。

警戒しない理由がない。

むしろ、なまじ知っているばかりに危険かもしれない。

まだまだ分からないこともたくさんあるので、何が起きてもおかしくない、という心構えで相対する必要があった。

「ふむ。これまでの話は理解した。で、だ」

レミーアは傾聴の姿勢を崩すことなく言った。

「今までのは前座、これからが本番だろう？」

その通りだ。

アンテと出会ったことは、必ず伝えなければならない。

むしろこちらのことこそが本番だ。

「実は……あたしたちよりも強い敵と、出会ったんです」

「何……？」

さすがにその言葉はレミーアも素直に受け止めることはできなかったようで、驚きの声を隠さなかった。

凛とミューラよりも強い。

それ即ち、レミーアにも同様のことが言える。

「そうか……どのくらいだ？」

目で見て肌で感じて。

アンテの強さをどの程度のものと見積もったのか。

凛とミューラの肌感というものを信じているからこその質問だ。

まあ、それ以上に切実な理由。

ただのAランクが相対するモンスターの強さが分かったところで、今の三人にとってはどうしようもなく。

ただのAランクが相対するモンスターと戦える程度では、強さの予測すら立たないような領域なのだ。

よって凛とミューラの感覚の方が参考になるというわけだ。

「そうですね……一対一だったら、負けると思います」

「あたしも同意見です」

仮にサシだったなら万が一にも勝ち目はない。

そう言いたげな凛。

ミューラも同意見のようだ。

二人の意見が一致しているのなら、レミーアとしてもそれを疑うつもりはない。

弟子のことはそれだけ大事に、愛と鞭《むち》をもってここまで鍛え上げてきたという、師匠としての自負があるからだ。

「とするなら、最低でも二人、できれば私も共にいる方が良いな」

二対一ならどうだ。

勝てる確率は上がるだろう。

だが、それでも分が悪いのはこちら。

であれば、凛とミューラに頼るのはもちろん、レミーアも参加するのが良いだろう。

というより、それ以外の選択肢はあるまい。

「ふむ。今回の件の肝までたどり着けばよいのか」

「はい。その晩には、後は一対三でも構わないと思います」

太っ腹だ。いや、もしくは自分の腕によっぽどの自信があるのか。

その両方、といったところか。

弟子二人が言うには、アンテはずいぶんと好戦的であったとのこと。

と同時に、自分の強さに自信があった。

それならこちら側が戦力を整えてからでも問題はあるまい。

「では。その時が来たら共闘といこう」

どのみち戦いは避けられはしない。

ならば覚悟を決めて、今のうちに認識合わせをしておく、というわけだ。

こうしていくつかの決まり事を凛とミューラとの間で終えたレミーアは、背もたれに身体を預けた。

それなりに大きくて高価な椅子なので、体重をかけてもみしりとも言わないわけだが。

「厄介だな」

「はい。このことも見通して、私たちに精霊魔術を教えたのでは、と思っちゃいます」

「無理はないわね。あたしだってそう思うもの」

一人では勝てない。

二人でもなんとも言えない。

三人ならあるいは。

そういった敵だった。

「……もっとも、タイチに頼れば一瞬だったのだがな」

「タイチがいたら、訓練気味の戦いになりそうですね」

「太一はアンテみたいなタイプは嫌じゃなさそうだもんね」

「そうね」

まだ本質までは分からないが、あの場面で攻撃することもできたのに、話だけして去っていった。

真正面から激突してやる、という凛とミューラの覚悟を受けて、満足そうに。

「あいつはまだここには来れぬからな。あいつがいないことを前提に動かねばな」

凛とミューラに諭す、というよりは、自分に言い聞かせるように。

ドナゴ火山山頂。そこでは太一が、イフリートと契約するためにさまざまな試練を受けていることだろう。

「さて、引き続き私たちも調査を進めよう」

「はい」

「もうしばらくはスラムで情報を集めます。……これ以上は、ない気がしますけれど」

「そうだな。だが、何もない、という情報も重要だ。頼むぞ」

「分かりました」

そう。スラムに何もないことが分かれば、それだけ調査の手を別のところに向けられる。ないことを確認する。

これ以上そこでは成果は望めないものの、意味は十分にあることなのだ。

「あの女とアンテに出会えただけでも、十分な収穫と言ってもいいよね」

「そうね。じゃあ、あたしたちは戻りましょうか」

「うん。……レミーアさん、行ってきます」

「任せたぞ」

師匠の背中に押され、凛とミューラは部屋を出て、再びスラムに向かって歩いて行った。

第三十章　聖都ギルグラッドでの頂上決戦

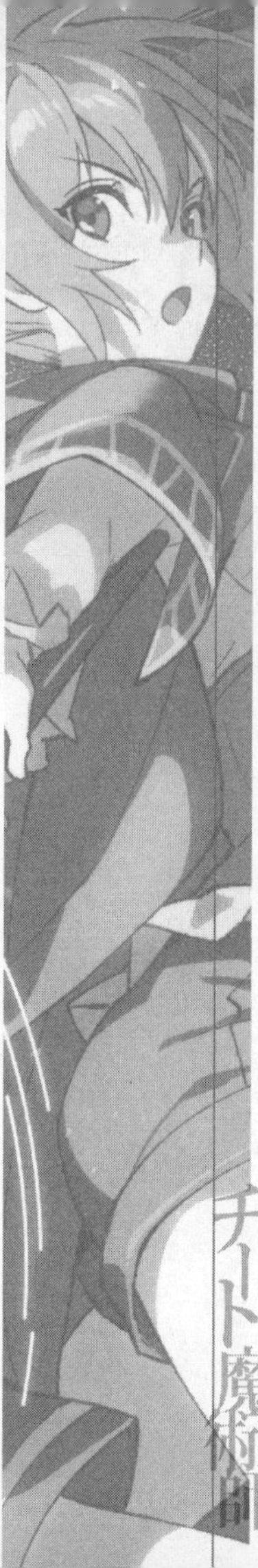

第九十四話　嵐の前は静かなもの

東側からの攻勢は一気に減った。

それもそのはず。

東側の最大戦力である妖術使いのローブの女。

それと西側の最大戦力である凛とミューラ。

この二人が裏でつながっているのだから仕方なし。

「争いが少なくなったのならいいことじゃない？」

「そうだね。変に犠牲者が出なくなったってことだもんね」

その通りだ。

東側を統率する者たちからすると、自分たちの奥の手であるローブの女が撃退されたというのは非常に大きなインシデントだった。

それを受けた西側のゲンツとワンシェンは、本当は東側を制圧してしまいたかった。

この争いを続けたくはなかったからだ。

相手のシマをつぶしても色々と面倒なことが待っているので本当はやりたくはない。

けれどもこれ以上争い続ける方がより被害が大きい。

これまでなら十分バランスが取れていたのに。

——と、ゲンツとワンシェンは頭痛をこらえられないという顔で語った。

先程も言った通り、西と東で別れている勢力を統一すると、面倒なことになる。

しかし、だ。

それらの面倒ごとを甘受したとしても、東側の組織をつぶしてしまって、大きな抗争をなくして治安を維持した方がいいのではないか、というのがゲンツとワンシェンの考えだ。

「ダメ、か」

「そうね」

「ふうむ。分かってたことではありますが」

そう考える二人に、凛とミューラはノーを突き付けた。

あくまでも西側に攻め込んでくる連中をどうにかするために協力したのであって、勢力拡大にまで協力する義理はない。

攻め入るなら自分たちでやってほしい。

そのように告げた凛とミューラに、ゲンツとワンシェンはそう返ってくるのが分かっていたというようにうなずいた。

「一応聞いてみた、って感じなんだね」

「そりゃあな。万一があるだろ?」

「確認もせずに判断するのは愚かですから」

まあ、それで納得がいかなかった者もいたようだが。

ゲンツが望むのに、なぜ応えないのか。

「おい」

ゲンツ、ワンシェンとの話し合いの席を辞してスラムの拠点に戻ろうとしたところで、呼び止められた。

先日、ゲンツが連れていた若者である。

凛とミューラにいい感情を抱いていなかったことは分かっていた。

いつか接触してくるかもしれないし、接触してこないかもしれない。

確率は半々くらいかと思ってはいたが、ついに来たか。

立ち止まる義理はないのだが。

無視しても面倒そうなので、振り返った。

「何か用?」

「何でゲンツ様の要望を断ったんだ」

「何でも何も、断ることなんて普通にあるよ?」

冒険者としてはそれも当たり前のこと。

何でもかんでも引き受けるわけではない。
ギルドの掲示板に貼られている数々の依頼。
それらのなかでも取捨選択は誰でもやっていることだ。
つまり選ばなかった依頼は断っているのと同義。
それに理由を求められても困る。
安い、と感じたり。
自分たちの長所が生きない、だったり。
もっと単純に、気に入らないので無視、だったり。
それこそ人による。
事情によってさまざまだ。
断ったことを突っつかれても困る、というのが正直なところである。
「ゲンツ様が頼んでるんだぞ、引き受けるのが筋だろ」
断ることは普通にある、と言ったのだが、伝わっていないのか。
話を聞いたうえでなおそう言っているのか。
少し考えて、どちらでもいい、と思った。
「なら、私たちにその仕事をさせるのに、あなたはいくら用意できるの？」
凛はそう告げた。

それこそが大事なことである。

「何……？」

そんなことを言われるとは思っていなかった、というリアクションだった。

それは想定が甘い。

もしくは——

「もう、ゲンツ様からもらってるじゃねぇか」

つまり、凛とミューラがゲンツの言うことを聞いて東側に攻めることまで契約のうちに入っている、という認識だったようだ。

第一の仕事が終わったから、次は第二の仕事。

そんな感じの。

なるほど。

であれば先程の言葉も納得できなくもなかった。

もっとも。

それは少年の誤認でしかないのだが。

「ああ、そこが間違っているのね」

そう。

契約は東側の攻勢からの対抗。

東側に攻め入る契約は結んでいない。

契約というのは、裏世界では特に重要視される。

口約束ならば破られても仕方ないが、契約書を交わしてあるのならば守らねばならない。

約束を守らない、というのは、ここスラムにおいては致命的な悪評だ。

それは分かっているはずだ。

ゲンツに将来を嘱望されていて、分かっていないはずがない。

つまり、誤って認識していたということ。

認識が間違っていれば、齟齬《そご》も発生する。

「くっ……」

凛とミューラはこちらが攻め入る場合の協力まではゲンツと約束していない。

その言葉を聞いた少年は歯噛《はが》みした。

そういうことだ。

彼らの言葉を聞く必要はない。

引き続き、攻勢があった場合は防衛戦に参加はする。

スラムでの用事がなくなるまではスラムでも寝泊まりするからだ。

それが契約。そこまでの契約。

ゲンツとワンシェンからの攻撃には参加しない。

その契約を新たに打診されたが、断った。

ただそれだけ。

「用がないなら、私たちは帰るよ」

凛とミューラは少年に背を向けて歩き出した。

もうここには用はない。

少年にも用はない。

「いくら出せばいいんだ……⁉」

遠ざかっている背中にぶつけられる、熱の感じられる声。

彼もこのまま引き下がれず食い下がったのだ。

「そうね。日当なら金貨単位からかしらね」

「吹っ掛けすぎだろ！」

いくらAランク冒険者とはいえ、日当で雇ってもそこまで高くはない。

少年の抗議は極めて正当である。

但し書きとして、ここがスラムでなければ、という注釈がつくが。

「ギルドを通せば安くなるわよ？」

できるはずがない。

返す言葉がない少年。

仕方がないことだ。

ギルドを通せるわけがない以上、相手の言い値を用意する必要がある。

いつもなら黒宝会が足元を見る側だ。

だが、Aランク冒険者相手にそんなことできるはずがない。

ゲンツが重宝し、厚待遇で迎えるのには相応の理由があるわけだ。

言うことを聞かせたければ圧力をかけたりするのがスラムの流儀。

「もういいわね」

それが通用しない以上、黒宝会にできることはない。

だから、ゲンツも一応聞いてみただけで粘らなかったのだ。

結局、足を止めさせることしかできなかった少年を置いて、凛とミューラはアジトを出ていった。

そのまま、用意されているスラム内の宿に戻る。

さて、これからはスラム内の調査だ。

もちろん黒宝会と青竜陣への義理立てがあるので、常に呼び出しに応えられるようにする必要があるが。

◇◆◇◆◇◆◇◆

「……やってくれましたね」
アンテからの話を聞いたマルチェロは、不本意である、という表情を隠さなかった。
視線の先にはアンテ。
豪華なオットマンつきのリラックスチェアに身体をしっとりと乗せている。
マルチェロが苛立《いらだ》ちを発していることには気付いているが、意にも介していない。
「このタイミングで接触する予定ではなかったはずです」
聞いているのか聞いていないのか分からないが、ともかくマルチェロは言葉を重ねた。
言わずにはいられない。
指揮する者としては。
今回事を運んでいるのはマルチェロだ。
十分に検討を重ねて、計画を練って、ジョバンニという犠牲を強いて。
そのうえで実行したものなのだ。
考えていることはいくつもあった。
寝ても覚めても、来る日も来る日もどうするかばかり考えて。
今もそうしている。
常にそうしている。

彼が組み上げた段取りでは、今ここで凛、ミューラ、レミーアという敵方の最大戦力との接触はなかった。

さらに言えば、このタイミングでアンテという切り札を露出させる予定などあるはずがない。

だというのに独断専行だ。

どういうつもりなのか。

言いたくなるのも、無理はなかった。

「何か問題があるのかしら？」

興味なさげな返事。

その態度、到底納得はできないが、聞いてくれるだけでもありがたいと思い直す。

「ありますとも。あなたを適切な場面で明かすことによって、相手の精神にダメージが……」

と続けたマルチェロを。

「そんなタマではないと思うけれどね」

と。

アンテのつれない言葉が遮《さえぎ》った。

「……どういうことでしょう？」

「リスクを冒してでも会ってみないと分からないことよ」

実際に接することなく、言葉も交わすことなく。

安全な机上で駒を動かしていては分からないこともある。

時には自分から乗り出していって肌で感じるべき。

アンテはそう言っているのだ。

彼女にとって実際にリスクだったかどうかは異論を唱えたいところではある。

そんな揚げ足取りをすればどうなるか分からないので、口を閉じておくマルチェロ。

「あなたにはあなたの目的があるのでしょう。でも、わらわにも楽しみがないとつまらないもの。その点、彼女たちはアリだわ」

マルチェロとの会話には興味を持っていなさそうだったアンテ。

だが、凛とミューラの話をし始めたとたん、彼女はみるみるうちに上機嫌になった。

それはそれでいい。

計画の修正を強いられるものの。

結果的には悪くはなかった。

不満はあれど、アンテがマルチェロにとっての最高戦力であることは間違いないのだ。

アンテが「気が変わった」と言ってここを出ていこうとする確率がかなり下がった、と言っていいはずだ。

アンテもまた、彼女より上位者から命令を受け、任務としてここに来ている。

よほどのことでない限り放棄することはないだろうが、確実ではない。

マルチェロにアンテを止める術などないので、彼女が前向きになってくれるのならば、計画の変更など大したことではない。

要請をした際に彼女が気分よく応じてくれるのなら、むしろ計画の再修正をすべきだ。

これまでも気を配っていた。

一番美味しいところで登場できるように手配していたし、それを伝えてもいたが。

何よりだ。

（はからずとも、彼女が力を貸してくれることに前向きになったことは大きいですね）

忘れてはいない。

アンテが協力を拒否する可能性があったことは。

「……なるほど。では、アンテさんがもっとも楽しめるよう、場を整えることに尽力しましょう」

「そう。ならば、その時を楽しみにしています。場が整ったら呼ぶといいでしょう」

アンテがリラックスチェアの上でまどろみ始めた。

マルチェロは声を出さず、物音を立てず、思考に没頭する。

（あの鍵にたどり着かれたら出る、とのことでしたね。でしたら……）

ここでアンテを生かすにはどうするか。

彼女が「邪魔」だと思わないように支援する。

そして、アンテには一切干渉しないところで動く必要がある。

（ふふふ。せっかくです。もっとじっくりやるつもりでしたが、彼女がやる気になっているうちに一気に進めてしまうのもありですね）

当初の不満はどこへやら。

アンテのやる気という非常に重要な要素がプラスに働いたことで、今では計画の大幅な変更も辞さなくなっていた。

そんな心の変化も気にしない。

それらを考えているうちに時間は過ぎていく。

マルチェロにとって、いくら時間があっても、足りないのだった。

◇◆◇◆◇◆◇◆

ギイ、蝶番《ちょうつがい》が軋《きし》む音をたてる。

途端に、じっと周囲から視線が向けられる。

そこにいるのは一般人とは違う、戦いを生業にする者たち。

その視線を一身に受けて、凛はそのまままっすぐカウンターに向かった。

「いらっしゃいませ。どのような御用でしょうか」

受付嬢は笑顔で凛を出迎えた。

この異常事態に疲弊しているのは間違いないだろう。

日常よりは忙しくなっていてもおかしくはない。

その疲労は顔に出ている。

隠しきれなくても仕方あるまい。

とはいえ、それでも笑顔で迎えようとする姿に、凛はさすがプロだと感心しながら返事をする。

「調べてもらっていた件の状況を確認しに来たんですけど」

「かしこまりました。ではギルドカードを――」

◇◆◇◆◇◆◇◆

滅多に見ない顔がギルドにやってきて受付嬢と話をしている。

年若く成人しているかどうかというくらいだが、かなりの美少女でスタイルもいい。

が、それらの情報に注目しているのは、ギルドにいる冒険者の中ではまだまだ実力が伴わない者に多い。
そうでない者は。
堂々とした立ち振る舞いに、彼女がかなりできることを理解していた。
足の運び。
度胸。
まとう空気。
それらで分かる者には分かるというものだ。
一方。
それで分からない者はまだまだこれから、というところである。
ところで。
冒険者は、舐《な》められてはいけない職業だ。
なぜか。理由は割とシンプルで。
自分自身が商材で、自分の身体ひとつを武器に世の中を渡り歩く。
そして、主に武力を行使する。
そういう仕事だからだ。
暴力が当たり前の世界で自分の身一つで生きていくのだ。
舐められては仕事にならないのである。

だからこそ。

まだまだ自分の実力が足りない者たちにとっては、新人などに絡むのは自尊心を保つために必要なのである。

冒険者全体のために擁護《ようご》しておくと、そういう方法でしか自己表現できない冒険者などごく一部、と注釈は入れておこう。

ともあれ。

見慣れぬ女冒険者。

年若く、剣などの近接武器ではない魔術師。

見抜けぬ者には、カモに見えても仕方なかった。

「おい」

「何か？」

背後から声をかけられ、凛はゆっくりと振り返った。

そこには、男が三人。

ガタイが良く、明らかに荒くれ者といった風体だ。

彼らのような者でも、一般的には相当な強者に入る。

ただ、冒険者的にはそうでもない。

パッと見ただけだがこの三人組は凛が見てきた冒険者たちと比べても、まだまだこれから、といった印象だった。

「一人で来ちまったら危ないって教わらなかったか？」

「オレたちが冒険者について教えてやるよ」

口々にさえずる男たち。

そんな三人組に対し。

「要らないよ」

「何……？」

「あなたたちの相手をしても、私の得にはならなさそうだしね」

すげなく断ってしまう凛。

別に時間があるわけではない。

こんなチンピラもどきの相手をしている暇はないのだ。

一方、さっくりと断られた三人組の方は、もう引き下がれなくなってしまった。

これだけ周囲から観察されている状況で。

凛に突っかかったのはいいものの、これで断られたからと引き下がっては今後の仕事に影響してしまう。

「てめぇ舐《な》めてんのか⁉」

どうやらうち一人は短絡的らしい。

ギルドの真ん中で得物を抜くなどありえないが、三人のうち先頭の一人は、どうやら我慢できなかったようだ。

別に舐めているわけではない。

舐められないようにはしたけれど。

凛の心情としてはそんなところで、それ以上でもそれ以下でもなかった。

初めて訪れる場所で、仮に舐められた場合はそれに対処しなければならない。

舐められなければ必要のないこと。

基本的に気質は穏やかで言葉遣いも柔らかめだが、実は気が強く負けず嫌いである。

クールでドライなミューラとどっこいどっこいというところ。

態度と言葉遣いにも表れているミューラの方が分かりやすいだけ、だった。

キィン――と硬質で耳に刺さるような音が響き渡った。

男が振り下ろした幅広の鉈《なた》のような剣を、手のひらで受け止めたのだ。

「なっ……！」

少女の柔らかそうな手が、鋼鉄の塊を受け止めたことを信じられない男。

しかもこの音。まるで金属を打ち付けたかのような。

実際に手の皮に触れているわけではない。

手のひらに薄くまとわせている風の障壁で受け止めただけだ。

けれども、魔術に対する造詣が深くなければ他人には分からない。

「もういい？　こっちも忙しいからね」

相手の気勢を一気に削いだことを確認した凛は、グッと押しやる。

強化魔術を施せば、膂力《りょりょく》でも筋骨隆々の男を上回ることは難しくなかった。

たたらを踏んだ拍子に、剣を取り落としてしまう。

彼を含む三人を一度見やると、凛は再び受付嬢に向き直った。

本来、ギルド内で武器を抜くのはご法度である。

だがこの場は凛があっさりと収めてしまった。

突っかかってきた彼らも、これ以上続ける気力はない様子で、すごすごと去っていった。

ギルドも本来は制裁を加えるべきなのだが、ここは見て見ぬふりをするようだ。

見事に返り討ちを喰らった。

しかも相手の力量も見抜けないことが露呈した。

という点では、十分な社会的制裁だからだ。

その辺、こちらの世界では割とざっくばらんというか、ファジーだったりする。

まあ、この世界の流儀にだいぶ慣れてきた凛としては、現地のやり方にどうこう言うつもりはない。

それよりも凛には凛の目的があり、それを果たす方が先なのだ。

「調査の結果ですが、こちらの地域は終わっています」

終わっています、とは言うが、何かが見つかった、とは言われなかった。

つまり不発だったのだろう。

聖騎士たちが調べている地域とも被っているものの、ダブルチェックということで全然ありだ。

なるほど。

これらの場所にはもう何もない可能性が高い、とみていい。

聖都は広い。

探索範囲を狭めて絞れるかが大事なのだ。

「そうなんですね。分かりました、引き続きお願いします。以前も伝えた通り……」

「はい。何かが見つかるかよりも、より丁寧に、しらみつぶしに探したという事実自体が大切、ですね」

「そうです」

この依頼は聖騎士が思いつき、レミーアが代表してパーティで冒険者ギルドに投げたものだ。

嘘をつかず誠実であることが第一の条件。第二の条件として、万が一の事態にもある程度対処できるよう一定以上の実力があること。基準としてはCランク冒険者、という条件で出されたものだ。

高ランク冒険者であっても割がいい依頼なので、素行が良くギルドからも信頼されている冒険者には人気の仕事である。

特に、この街を大切に思っている冒険者にとっては、街のこの状況を解決するための一助にもなる、ということで自尊心も満たされる。

もちろん何かを見つけられればいいのだが、前述のとおり「見つからなかった」ことで対象範囲をより絞れるということで、決して無駄にならないというのも大きかった。

聖騎士団としても、投入する税金はかなりの金額になるので正直懐は痛い。

だが、背に腹は代えられぬ。

出すべき金をケチって、大きな被害が出ては目も当てられない。

人を、街を、国を守る聖騎士が聞いてあきれる、というものだ。

受付嬢も、この依頼の大事さは理解している。

何せ今も聖騎士が必死になって街全体を捜査しているのだ。

街に居を構えている身として、この現状のままでいいわけがないというのがギルド全体の総意だ。

何か実害があるわけでもない。

しかしこの異常事態。

精神的に追いつめられた人間も出ていると聞いている。
「任せてください。引き続きやらせていただきます」
「お願いしますね。頼りにしていますよ」
聖騎士からは、街を守りたい人全員で解決に動こう、という理念のもと出した依頼だ。
協力してくれるなら、ありがたく力を借りる。
プライドの高いエリートである聖騎士が頭を下げてまで出したというこの依頼。
ギルドも。
冒険者も。
一丸になることができている。
受付嬢の様子を見ていた凛。
刻一刻と『その時』が近づいている、と。
何の根拠もないが、そう感じていた凛だった。

◇◆◇◆◇◆◇◆

「本当にあるのかねぇ」

聖騎士たちは、地下に張り巡らされている下水道を調べていた。

特別取り上げてはこなかったが、ある程度以上の規模を誇る街には下水道があるのが普通だ。

都市全域に張り巡らされているわけではないが、それでも首都ともなれば大部分をカバーできていることがほとんどとなる。

下水道は、冒険者ギルドで依頼を受けた冒険者が、まず初めに重点的に探索を実施して何もないという報告が上がっている。

しかし、だからといって聖騎士が見ない理由にはならない。

人間がやることなので、見落としがあってもおかしくはない。

だからこそ、聖騎士が既に見たところも、冒険者にも調べてもらっているのだ。

聖騎士が見落とす可能性を考えてのことである。

見落とすことが悪いのではない。

見落としをフォローしないのが良くない。

「どうだろうな。結構優秀なレンジャーやスカウトがくまなく見たっていうからな」

「彼らが優秀であることは認めるが、とはいえ完璧ではないぞ」

「そりゃそうだろうねぇ。僕らだって完璧を求められたら苦しい」

ミスをゼロにするなんて現実的ではない。

ミスがない方がいいのは否定しないけれども、実現はきわめて難しい。

人に完璧を求めると、逆に人から完璧を求められて苦しくなるのだ。

ならばこそ、人は間違えるもの、という前提のもと、どのようにカバーするか、が運用の肝である。

「我らとて完全ではない。だからこそ我らのフォローを冒険者が、冒険者のフォローを我々ができるのが良い」

「そうですね」

「さあ、おしゃべりもいいがちゃんと見ているな？」

「もちろんです」

「冒険者たちに使えないと言われたくはないですからね」

小隊長の言葉に、聖騎士たちは胸を張ってそう答えた。

彼らとて精鋭。

そうでなければなれないのが聖騎士。

多少のおしゃべりをしながらでも、周囲への注意は一切怠っていないし、隅々まで目を光らせている。

ともあれ、下水道に入って結構経っているが、今のところ成果はない。

小隊長もその辺は疑っていないようで、彼らの返事にひとつうなずいただけだった。

聖騎士たちは粛々《しゅくしゅく》と調査を続けていく。

手がかりがあろうとなかろうと。念入りに、慎重に。

そのような光景は、聖都ギルグラッドのいたるところで見られた。

こちらは住宅が密集している区画。

男二人女二人の冒険者に扮しているのは、凛とミューラが出会ったローブの女の仲間。

冒険者に身をやつすのが動きやすかったのだ。彼らは住宅街に存在している怪しい場所を調べていた。

聞き込みをしたり、路地裏をくまなく歩いたり、空き家を調べたり。

そんな中、捨て置けない情報を聞くことになった。

ある家の住人の姿をしばらく見ていないというのだ。

「怪しいな」

「そうね」

「その場所がどこか分かるか？」

「ああ、そこの一つ先の角を曲がったところにある、屋根が青色の一軒家だよ。不審といやあ不審だし、怪しいといやあ怪しいから、どうかと思ってね」

これだ。

こういう見落としがあるから、同じところを調査するのも意味がある。

この地区は聖騎士も調べたし、冒険者ギルドも調べた。

その二回とも真剣に調査をしたのは間違いあるまい。

しかしそうであっても見落としが発生した。

だからこそ、何度も同じところをチェックするのがいいということだ。

「聖騎士様とかが来たりもしたんだけどさ、どうしてもタイミングが合わなかったりして伝えられなかったんだよねぇ。でもあんたたちみたいに頻繁に調査に来てくれて助かったよ。夫婦二人とも毎日顔を見てたのに急に姿を見なくなっちまってねぇ。本当に心配なんだけど、この状況だろう？　そうじゃなかったら踏み込んでたんだけど、なんだかどうにも恐ろしくてねぇ。あたしだけじゃなくて他のもそうさ。うちのも肝っ玉小さくびびっちやってんだけど、さすがに責められなくてね。それでねぇ――」

怒涛《どとう》のおしゃべり。

ここは多少しゃべらせて満足させるのがいいと思ったので少しそのままにさせた。

しかし、得られた情報は有力だ。

調べるに値する。

「確かに怪しいですね。行ってみましょう」

自称冒険者パーティのリーダーである女が、初老の夫人の言葉をさりげなく遮《さえぎ》った。

「そうかい？　あんたたちみたいなプロがやってくれると助かるよ。じゃあ、頼んだよ！」

夫人は忙しいのか早足で去っていった。

これが実にうまい。

冒険者たちの自尊心もくすぐっていったのだから。

「……ここですね」

その家はすぐに分かった。

扉をノックしてみるが、反応はない。

もっと強く、騒音にも感じるほどに叩いてみるが、リアクションはなかった。

冒険者たちは顔を見合わせてうなずき、ドアノブを回してみる。

開かない。

ここは強行突破だ。

「よし、どけ」

パーティのアタッカーの男が、得物であるバトルアックスを振りぬいて、木の扉を粉砕した。

「こいつは……」

部屋を見渡して、思わず漏れた声が、シーンと静まり返った部屋に思いのほか響いた。

人の気配はなかった。

部屋の中は少し荒れている。

それに反し、死臭や血の臭いはしない。

冒険者としてそれなり以上の期間を現役で活動していれば、動物、魔物、人間問わず、そういった死臭に接する機会はままあるものだ。

現に彼ら彼女らも、依頼を受けて盗賊を殺したし、魔物や動物を狩猟した。

森の奥で行き倒れて腐敗した元同僚の死体を見たことも何度となくあるし、魔物、動物も同様だ。

そういったものは一切ない。

かなり強烈な臭いなので、家のどこかでそうなっていれば、今頃充満しているところだろうが。

全員で家の中を探ってみる。

人が暮らしていた営みの痕跡は確かにある。

夫婦というのは間違いなさそうだ。

子どもは、いなかった模様。

そういうことは分かるのだが。

しかし肝心の住人がいない。

「どこにもいねぇな」

家の中をざっと見たが、どこにもいない。

「見えるところには何もない、ってことかしらね？」

「おれたちのパーティにはレンジャーはいないからな」

そういう役割のメンバーがいたなら、この時間で何かしらを見つけていたかもしれないが、あいにくいない。

レンジャーを加えた方がいいというのは分かっていたことだ。

ただ、彼らの組織も、技術に長けた人材の確保には常に苦慮している。欲しいから、で配属してもらえたら苦労しないのだ。

「では、ここは私がやりましょう」

リーダーである魔術師の女は、床板を杖の石突で砕き、下の土をむき出しにさせると、土魔術を発動。

地面を探査した。

すると。

「……こちらです」

魔術師の女が歩いて進んだ先は台所。

そこの床板をはがすと、下に階段が出てきた。

「これは……」

床板は封じられていて入口にはなっていなかった。

つまり、ここは全面を張り替えたということだろう。

そういう推定のもとに床板を見れば、他の部屋の床板に加えてやや新しく見えた。

階段を見つけた以上、この下に降りない、という選択肢はなかった。

「よし、行くぜ」

戦士である男を先頭に、最後尾を片手剣とバックラーを得物とする女が固めて、全員で降りて行った。

思った以上に長い階段を降りることしばし。

その先に現れたのは長い通路。

階段は土だったのだが、通路は石を切り出して組み上げたものになっていた。

明らかに人為的だし、何かの意図を感じる。

全員でアイコンタクトし、更に先に進んでいく。

もう既に全員の意識は戦闘状態に入っており、一部の隙もない。

身をやつすためと、金稼ぎのためにやっている冒険者の活動において、Aランクまで秒読み、と言われるほどの実績を挙げている四人だ。

無駄な油断などするはずがない。

気が抜けていて、Bランクに上がれるはずがないのだ。

そうしてしばらく歩いたところで……。

「よくここまでたどり着きました」
女の声が響いた。
声はすれど姿は見えず。
全員が同時に構え、目線だけを動かして周囲を窺《うかが》う。
生まれた膠着《こうちゃく》状態のまま、数十秒――
いつの間に、という表現がふさわしいだろう。
長身の女性が、通路の正面に、いた。
濃い緑色の長髪をなびかせ、全身を堅固な鎧《よろい》で覆う戦士然とした美女だった。
背中に背負う身の丈ほどのメイスが鈍く輝き圧を放っていた。
「……っ！」
その姿を捉えた瞬間、目に映ったものを表すなら。
死。
隔絶。
圧倒。
横たわる差はあまりに大きかった。
どれほどの奇跡が起きようとも関係ない。
万が一どころか、億が一にも勝ち目がないと分かるほどに。

「あなたたちがたどり着いたここが正解よ。この先に、あなたたちが探し求めたものがあります」

美女は薄く笑っている。愉快そうに。

「さあ、そのまま引き返して、ここのことを報告しなさい。アンテが待っている、と伝えるのを忘れないことね」

「……」

「理解する必要はないわ。わらわの気が変わらぬうちに去るのね。死にたくはないでしょう？」

それはその通り。

いくら戦っても意味がないのであれば。

そして、ここのことを報告できるイコール生きて帰れる。

のであれば。

逃げない理由はなかった。

背を向けるのは恐ろしかったが、それも今更である。

彼らは背を向けて走り出す。

恐ろしい。

恐ろしい。

あんな生き物がこの世に存在しているのか。

触れただけで死にそうだった。

触れただけで殺されそうだった。

脱兎《だっと》の如く逃げ出した四人は、アンテの宣言通り、後ろから撃たれることなく地下通路から脱出することができたのだった。

◇◆◇◆◇◆◇◆

今出てきたのはごく一部の話。

彼ら彼女ら以外にも、たくさんの人が調査と探索に参加し。

誰も彼もが、こうして必死になって手がかりを探していたのだ。

そしてその日。

ある程度の実力を持つ者。

感覚が鋭い者。

そういった者たちが一斉に気付いた。

圧倒的な。

強大な。

その存在感に。

◇◆◇◆◇◆◇◆

その魔力は、さすがに見逃せなかった。

これほどの大きさ、そうそう出会うことはない。

「結構なもんだな……」

去年のことなので少しばかり記憶はあいまいになってはいるが、ツインヘッドドラゴンよりは上ではなかろうか。

多少ではあるが、幻想種であるドラゴンよりも実力が上というだけでとんでもない。

なお、ここでは太一がかなり上であることはあえて無視する。

それはさておき。

今だからこそ強敵たりえないが、かつての太一は勝てない戦いに身を投じる必要があったのを覚えている。

「おう、なかなかやるな。奴《やっこ》さんも大盤振る舞いってとこか」

サラマンダーは敵ながらなかなか見事、という顔でうなずいている。

正直太一の方はそれどころではない。

太一が戦えればいいのだが、凛たちに任せなければいけないのだから。

「お前にはお前の仕事があるからな。向こうは仲間に任せろ」

「……分かってる」

仕方ないが、その通りだ。

「あのそれなりにやるヤツは、お前の仲間にやってもらわないとな。そうでないと勝ちにはならないぞ」

「なるほど」

別の役割であるということ。

手を出せないというなら仕方がない。

それに、今も太一にはやることがあるのだ。

「そうだ。お前の出番になるギリギリまで、修行はしてもらうからな」

「望むところだ。この次の出番が最後の試練だったな？」

「ああ。それも、今お前がやってる課題をクリアしたうえで挑戦するなら、最後の試練になる。当初の予定より早まりそうだからな。遊んでる暇はなさそうだぜ」

となると、気は抜けない。

必死に取り組む。

絶対にこれで終わらせてやる。

サラマンダーの試練が嫌なわけではない。

いつまでも試練から抜けられない自分が嫌なのだ。

太一は引き続き、サラマンダーに与えられている試練に向き合った。

◇◆◇◆◇◆◇◆

「ふふふ。始まりましたね」

マルチェロは、ついに始まった最後の作戦に、歪《ゆが》んだ笑みを浮かべた。

計画も、アンテのやる気に合わせて変更してしまった。

もはや後戻りはできない。

それもまた良し。

マルチェロは、もはや開き直っていた。

どうせならアンテという最強の手札が猛威をふるうのに便乗して手持ちの戦力を大放出。

高速で方《かた》を付ける。

そういう方向にシフトしたのだ。

この選択が正しいかどうかは分からない。

だが、もともとのじっくりと事を進めていく計画とて、それで失敗する可能性を捨ててはいなかった。

もちろん何か問題が起きた場合のフォローもきっちりと考えてはいた。

最後の最後でアンテを起用する、という流れだったのを、いきなり切り札を大胆に切る形にした。

それによって一気に制圧するというもの。

悪い形ではない。

急な変更によってフォロー態勢の構築はできなかった。

ならばいっそ後先考えない方がいいのではないかと、早々にあきらめたくらいだ。

もう、マルチェロにもどうなるかは分からない。

吉と出るか凶と出るか。

すでに賽《さい》は投げられた。

「では、勝負です。アンテさんにすべてを託した我々が勝つのか、それを打ち破りあなた方が勝つのか。ここでせいぜい高みの見物を決めさせていただきますよ」

マルチェロは高台から街を睥睨《へいげい》し、そうつぶやいた。

もはや、事態は完全にマルチェロの手から、離れていた。

第九十五話　決戦、竜人と竜

「……これは」

街を捜索していた冒険者たちがアンテに出会い、そして撤退を始めたのと同時刻。

凛とミューラは、先日の記憶を鮮明に思い出していた。

肌を刺す重圧。

視線の強さ。

押されそうな存在感。

そのすべてが思い出される。

「これが、そうか」

自分の存在を隠すどころか誇示することにしたらしいアンテ。

その効果はてきめんで、今街には相当な魔力が伝播《でんぱ》している。

凛とミューラが出会った強敵。

どんな人物なのかは口伝でしか知らなかったが、この魔力を感じることほどに雄弁なものはない。

「そうです。もう、遠慮をするつもりはないってことでしょうね」

凛は杖を握りしめてそうつぶやいた。

彼女の額にはわずかに汗が滲《にじ》んでいるが、さもありなん。

それはミューラも同様だ。

この圧力。

前回顔合わせをした時とは全く違う。

あの時はただ会話をしただけ。

凛とミューラも警戒はしていたが別にそれほど圧をかけていたわけではなかった。

一方のアンテも、顔合わせ、という目的の通り、まったく威圧感を発していなかった。

それが数日前の夜。

現在は少々違う。

相手はやる気満々。

それにつられてか魔力からも気合十分であることが伝わってくる。

その魔力に圧倒されている者が多い中。

確定的な情報が転がり込んできた。

「冒険者が本命を発見しました！　更に、敵の最大戦力が登場した可能性が大とのこと！」

やってきたのは聖騎士だ。

彼は必死の形相で矢継ぎ早に訴える。

「ひいては、殿下麾下《きか》の騎士、冒険者と是非連携を取りたく！」

それは重要だ。

シャルロットは立ち上がり、レミーアを見た。

この速報を得たうえで、これまでの情報と見比べれば、取れる選択はそう多くはなかった。

レミーアは当然とばかりにうなずく。

自分たち以外、誰を向かわせても犬死するだけだと分かっているからだ。

「分かりました。では、わたくし子飼いの冒険者を、その最大戦力とやらにぶつけましょう」

「承知いたしました」

「わたくしの騎士については、わたくしの護衛を外れるわけには参りません。彼らにも立場がありますので、ご了承ください」

「もちろんでございます」

さすがは鍛えに鍛え抜かれた聖騎士。

もうすでに息はだいぶ整っていた。

「ですので、わたくしを守りつつ助力する形になります」

「はい、存じ上げております。それを前提でいくつか作戦があるとお伝えさせていただく命令を受けておりますれば」

「ならば話は早いですね。そのように」

「はっ！　では、聖騎士団の基地にお越しいただければ幸いです」

「分かりました。準備ができ次第向かうとしましょう」

「ご配慮ありがとうございます。では、取り急ぎ了承の旨をご報告いたしますので」

カッと踵《かかと》を鳴らして敬礼する聖騎士。

「御前、失礼申し上げます」

聖騎士は失礼にならない程度に、しかし素早い動作で部屋を出ていった。

一気に事態は動き出す。

「それでは皆様……」

「ああ、分かっているとも」

凛、ミューラ、レミーアの三人を向かわせるしかない。

実力的に。

そして、アンテの話としても。

彼女たちが行かねばならないだろう。

「それでは、そちらはお任せします」

「うむ。お前も気を付けろよ、シャルロット。アンテとやらだけで終わるはずがないからな」

「承知しております」

「気を付けてくださいね」

「皆様も是非、お気を付けください」

「ええ」

シャルロットとやり取りをして、三人は部屋を出ていく。

向かうは一路、アンテのところだ。

◇◆◇◆◇◆◇◆

「……来たわね」

凛とミューラ、レミーアが現場にたどり着いたとき。

アンテは、冒険者が調べた家の屋根に腰かけて待っていた。

彼女たちの姿を見て、アンテは待ち遠しかった、という顔を浮かべた。

「約束通り、来たわよ」

まずは直接話をしたことがあるミューラと。

「私たちと戦うのが、望みなんでしょ？」

凛が対応をする。

「ええ、そうね。それで、そっちのもう一人は誰なのかしら？」

「こちらは……」

「お初にお目にかかる」

ミューラの言葉を遮《さえぎ》り、レミーアはカツカツと前に出てアンテを見上げる。

「私はこの二人の師をやっている、しがない魔術師だ」

「ふうん？」

興味なさげな返事をするアンテ。

どこに興味がないのか。

しがない、のところだ。

アンテほどの実力者が、レミーアが秘めた強さに気付かないはずがないからだ。

実際に気付いているからこそ、しがない、の部分に興味を示さなかったわけである。

「じゃあ、あなたたち三人が、わらわと戦うということで良いのね？」

「ええ」

「そうだよ」

「うむ」
凛も。
ミューラも。
レミーアも。
アンテからの気合のこもった問いに、間髪いれず返事をした。
その返事こそ、アンテが欲しかったもの。
彼女はにんまりと笑った。
「いいわ。やりましょう」
立ち上がったアンテはひょいと屋根から飛び降り、三人の前に立つ。
彼女のやる気は十分といったところだ。
そのあたり、凛とミューラが報告した通りだ。
戦いを待ち望んでいる。
凛とミューラに出会って満足そうだった。
本番になれば、それに加えて彼女たちの師であるというレミーアまでいるのだ。
アンテの機嫌がよくならない理由がなかった。
「ところで、あなたたちはここで戦ってもいいのかしら？」
構えていざ尋常に、となるかと思えば、アンテはやる気はみなぎらせているものの、すぐにはかかってはこなかった。

彼女は、気を遣っているのだと、すぐに分かった。

ここは住宅街のど真ん中。

まあ、住宅街のど真ん中であること自体は、そこまで大きくはない。

むしろ、そもそも論だ。

「もしかしてと思うから聞くのだけれど、あなた方、街中じゃあ、存分に力を発揮できないのではなくて？」

それはその通りだ。

パリストールでは相手がキメラだったのもあって、余裕こそ少なかったものの周囲への被害も考慮しながら戦えた。

しかし今回、相手は格上だ。

周囲への配慮がどこまでできるか。

いや、できないと思った方がいいだろう。

「あなたたちが全力を出せないのでは、せっかく戦う意味が半減してしまうわ。街の外なら全力で戦えるというなら、そうしましょう」

願ってもない提案だ。

どうやってここじゃないところで戦うかを考えなければならなかった。

誘導できるか分からないがやるしかないだろう、という認識だった。

しかし、アンテから提案してくれるのなら望むところ。

「そうだね。街の外なら、今まで出したことのない全力全開も辞さないつもりだよ」

「そう」

凛の決意の言葉に対して。

アンテの短い返事。

だが。

全力を気兼ねなく出せるというのなら。

「いいでしょう。街の外に行きましょう」

アンテに、一切のためらいはなさそうだった。

そのまま屋根の上をひょいひょいと軽やかに跳んで、城壁を軽々跳び越えて街の外へ。

「このあたりでいいのではないかしら」

更に街からそれなりの速度で五分ほど移動したところでアンテは停止した。

かなりの距離が離れている。

ここなら、全力を出しても街への被害は生まれまい。

「そうだな、ここまで来れば十分であろう」

レミーアも納得の戦場である。

このアンテには、温存とか周囲への配慮はしていられない、というのは先程語った通り。

やはり思い切り戦える場所というのはいい。

場所は整った。

「よろしい、では楽しませてもらいましょう」

構えるアンテ。

凛、ミューラ、レミーアも戦闘態勢に移行する。

だがその前に。

浮かんだ疑問は、解消しておきたかった。

「一つ疑問なんだけど」

凛の問いに、アンテは「ああ」と得心したようにうなずいた。

「抜かりなどないわ。わらわを倒さない限り、到達できないようにしているもの」

「そう甘いわけがないわよね」

「そういうこと。逆に言えば、わらわを倒せば、あとは子どもでも行けるようになっています」

まあ、相手は自分たちより格上だ。

その程度のことはやってのけても不思議ではない。それに、倒せば解決する、という旨の言葉に嘘はないだろう。そんなつまらない嘘をつく女ではあるまい。
じゃあ――やりましょうか。
そう言外に告げて。
アンテは一気に魔力を高め、凝縮した。
聖都ギルグラッドの命運をかけた戦いへ。
いざ。
尋常に。

◇◆◇◆◇◆◇◆

「ようこそいらっしゃいました」
同時刻。
シャルロットは護衛の騎士に守られて、聖騎士の基地に到着していた。
今のところ街に危険は来ていないように感じる。
そこには第一騎士団の団長が待機していた。
王女を出迎える準備は出来ていたわけだ。
ただし。

今は既に非常時。

出迎えた団長はもちろん戦闘態勢だし、他の聖騎士は出陣に向けてあわただしく動いていた。

「せわしないのですが、そこはご了承いただきたく」

と頭を下げる団長に、シャルロットは首を振る。

「いいえ。この状況では仕方がありません。わたくしを気にせず、準備にいそしんでいただければ」

「寛大なお言葉、ありがとうございます」

気になどするはずがない。

むしろこの状況で。

アンテという巨大な戦力が戦闘態勢で動き出したこの状況で。

いつも通りの動きでは逆に不安になるというものだ。

治安自治、そして防衛を行う武力を持つ者が、有事の際に即座に動き出す。

そのことがどれだけ大切か、曲がりなりにも王女であるシャルロットが分からないはずがない。

自国であっても、もしも有事ならば王女が来た程度では動きは止まらないし、むしろ今は邪魔だと非常に遠回しな表現をされて追い出されることもある。

そうでなくては困る。

今シャルロットが部下を連れてここにいるのは、それこそ緊急事態で、自分の地位と相手の立場を鑑みた結果のことだ。

「それでは、わたくしの方は、この瞬間をもって指揮をこのテスランに預けます」

「殿下よりご紹介賜りましたテスランと申します。我々としては、基本そちらの意向に従うつもりでおります」

「承知しました。殿下の御身は、我が聖騎士団が誇りにかけてお守り申し上げます」

「ありがとうございます。では、さっそく簡単な打ち合わせを――」

その場で第一聖騎士団団長とテスランが会話を始める。

いちいち会議室に行くまでもない。

この話が終わったら即運用される、簡単な行動方針だからだ。

そんなものを隠す必要はない。

どころか、多少なり周囲が聞いている方がありがたいというわけだ。

その話はすぐに終わる。

細かく決める必要もなければ暇もないからだ。

そして今決めるべき最低限のことの合意が取れた時。

「……！」

すさまじい魔力の奔流《ほんりゅう》が突き抜けた。

全員で慌てて外に出る。

すると。

街の真ん中からでも見える。

おそらく街の外だ。

巨大な氷柱が突き立っていた。

陽光を受けてキラキラと瞬いている。

そして、その周囲には白い煙がただよっていて、氷柱が発する冷気を見せつけていた。

「なんという……あれが、魔術だというのか⁉」

第一聖騎士団の団長は、そびえたつ氷の柱を見て驚愕に目を見開いた。

ただの魔術師にできるような規模ではない。

すると、氷柱に一気にひびが入り、次の瞬間。

一気に氷柱が砕け、細かい微粒子になった。

いや、ここから肉眼だと微粒子に見えるだけで、実際は一つ一つが鋭いつららのようになっている。

それが一気に勢いよく飛んでいくのが見えた。

あれもまた、攻撃だったのだろう。

「……あれは、アンテという敵と戦っている、わたくしが雇った冒険者です」

「なんと……」

あんな氷柱を生み出し、それを攻撃に転ずることができるような冒険者がこの世に存在するとは。

とんでもないことだ。

シャレになっていない。

いや、あの尋常ではない魔力で聖都ギルグラッドを恐怖させたアンテを相手にするのだから、これくらいでなくては話にならないのは分かる。

しかし。

しかし、だ。

「あれくらいできなければ務まらない、とは聞いていますから」

シャルロットがそう言った直後、どどおん、と地面が揺れ、巨大な土煙が上がった。

いったいどんな戦いをしているのか皆目見当もつかない。

ただひとつ分かること。

「これは、我々が何をしようと、手助けにもなりませんな」

団長は実力差が生み出す意味を正確に読み取った。

彼我の実力差、正確なところは分からない。

あまりにも隔絶しすぎていて。

ただ、それで十分だった。

それが分かれば、間違えない。

部下をむやみに殺さなくて済む。

「そうですな。それに、我々にも出番が来たようですぞ」

テスランが団長に話しかける。

彼の視線の先。

そこには魔物の群れと、ローブの人物が一人。

なるほど。

確かに、外にばかり気を向けているわけにはいかない。

街中に魔物。

近づいてきた気配はない。

いつの間にか現れた。

そう表現するのが正しく感じた。

「うむ、時間をかけている場合ではないですな！　時間はないが出撃だ！　聖騎士の力を今こそ見せる時だぞ！」

「おお!!」

準備の時間は一切なかった。

しかしそこは、血反吐《ちへど》を吐くような鍛錬と厳しい規律の中自分を律しているだけあり。

唐突な襲撃に、慌てた様子は一切なく全員が一気に戦闘態勢に入った。

「それでは、我々も参るぞ。殿下の護衛騎士として、無様な姿はさらせぬと肝に銘じよ！」

テスランが大音声で部下たちを叱咤《しった》する。

彼らの気合も十分。

とはいえ基本的にシャルロット麾下《きか》の騎士たちはあまり打っては出られない。

シャルロットを守るのが第一なのだから当然。

そして、聖騎士団としてもシャルロットの部隊をあまり前に出せないのは当たり前のことだった。

なのでやや後方寄りで戦闘待機しつつ、抜けてきた魔物を狩っていくスタイルだ。

攻めに出た聖騎士たちだけで全滅できればいいが、現実はそう甘くないことは戦う者ほど分かっている。

だからこそ、二段構え、三段構えで作戦を立てて万全を期すのだから。

聖騎士たちが突撃していく。

凛とミューラ、そしてレミーアがアンテと戦い。

騎士や冒険者が、街中に現れた魔物たちと戦う。

火蓋《ひぶた》は、切って落とされた。

◇◆◇◆◇◆◇◆

「やはり、紅い魔物を用意できなかったのは痛いですね」

街中各地で起きている戦闘を眺めながらマルチェロはそうつぶやく。

パリストールでは主力として大量に用意できた紅い魔物。

しかし今回、それは用意できなかった。

理由はシンプルもシンプル。

マルチェロの不手際でもなんでもない。

アンテが嫌がったから。

ただその一点に集約される。

凛、ミューラ、レミーアの気がそがれる要素をなるべく入れたくない。

そういった発言をアンテがしていたからだ。

彼女は決して、マルチェロに「紅い魔物を出すな」とは言っていないが、事実上「やるな」に等しかった。少なくともマルチェロにとっては。

そのことを彼女のせいにしたところで、アンテには「私はやめろとは言ってないでしょう」と突っぱねられるだけだろう。

「実質上、飲むしかありませんでしたからね……」

そうごちた彼の言葉は本音だ。

確かに紅い魔物を用意出来れば、勝ちの目はかなりいいところまでいく。

だが。

そう、だが。

それでアンテのやる気が減ってしまったら、そちらの方が紅い魔物を用意できないことよりも数十倍痛い。

もう耳にタコができるほど自分に言い聞かせたのだが、マルチェロの最大戦力はアンテなのだ。

彼女が気分よく戦いに赴いてくれることこそが最大の勝機。

そして、凛、ミューラ、レミーアに実力を完全に発揮してもらい、そのうえでアンテに気持ちよく勝ってもらうこと。

それこそが、マルチェロが立てた作戦の肝。

作戦ともいえない、頭脳派が聞いてあきれるものだが、これが一番確度が高いと思ったのだから仕方あるまい。

それに。

「気持ちよく戦えて勝てた暁には、一気にケリをつけてくれると約束してくれましたしね」

あれで割と義理堅いところがあるアンテ。

必死に彼女の要望を叶えることに尽力したマルチェロの願いを叶えてくれる公算はかなり高いと踏んでいた。

唯一の不安要素はなくはない。

そう、太一だ。

召喚術師がドナゴ火山から出てきていないのが気になるが、そこはもう考えても仕方がない。

彼の手札ではどうにもならない相手である以上、そこは一切考慮しない作戦になっている。

下山してきたら負けだ。

何をしようとも関係ない。

「かの少年がいないうちにケリがつくのがいいですね」

勝っても負けても。

勝負は時の運。

マルチェロはやれることをすべてやった。

完璧には出来なかったのは間違いない。

だが、そこに後悔はない。

何事も、手持ちの札でどうにかするしかないのだ。

「読みが勝つか、押し切られるかです。それに……」

紅い魔物は用意できなかったが、最大の仕込みだけはさせてもらった。

マルチェロが用意した数多くの魔物。

そして、それを現地で率いる部下たち。

戦闘の最初から気が散るわけじゃなく、その切り札が発動するころにはケリはついているだろうから構わない、とアンテから許可をもらった手だ。

保険であると同時に、ダメ押しでもある。

どうなるのか。

予想通りに進むのか。

予想が外れるのか。

想定外のことが起きるのか。

あるいは何もかもうまくいかないのか。

マルチェロには分からない。

力及ばぬ時は、無能のそしりを甘んじて受けよう。

「さあ、頼みますよ、アンテさん」

街の外で激しい戦いを繰り広げているアンテに、マルチェロはすべて託した。

保険やダメ押しにも自信はあるが、やはり最大限期待できるのはアンテだからだ。

◇◆◇◆◇◆◇◆

時は少し戻る。

「じゃあ行くわ」

ミューラはそう宣言すると、剣を抜いてゆったりと歩き出した。

砲台魔術師タイプであるレミーアと凛を後方に置き、ミューラが敵と接近戦を行う。

いつものスタイルだ。

少しずつ魔力を高め、自己強化を施していく。

使っているのは当然ただの魔術ではない。

そんなものでは通用しない。

最初から、精霊魔術による強化だ。

ミューラが契約しているのはミドガルズ。

土属性の精霊なので、精霊魔術による強化は主にパワー、膂力《りょりょく》関係の強化が得意だ。

なのでもっとも顕著に反映されるのは攻撃力なのだが、それ以外が強化されないわけではない。

タフさだって、スピードだって強化される。

その様子は、ミューラの身体からたちのぼる魔力ですぐに分かる。

もう宣言したから続く言葉は不要とばかりに、強化が終わると同時にミューラは一気に飛び出した。

アンテはそれを面白そうに眺めている。

「はっ！」

まずは蹴りを脇に。

続いて肘《ひじ》打ちをみぞおちに。

最後にもう一度蹴りを顎に。

その三回でアンテは吹き飛ぶ……かに思われたが、空中で動きを制御。

難なく体勢を立て直してみせた。

「ふふふ、いいわね。やっぱりこうでなくちゃいけないわ」

アンテは口の端から流れた血をぬぐう。

一方のミューラ。

油断なく構えながらも、ミューラは攻撃が通じたことに一縷《いちる》の希望を感じていた。

精霊魔術を使っているとはいえ、魔力の強さという意味では、明らかにアンテの方が上だ。

なので攻撃は通じないかと思っていた。

手加減をしたつもりはないが、それでも一発一発すべてに全身全霊とはいかない。

連続で放てる範囲での全力、というやつだ。

それでダメージが通るということは、かなり希望が持てる。

これだけ魔力の強さに差があれば相手がタフ過ぎて攻撃が通らないことも普通に起こりうるからだ。

『アイスピラー！』

これで終わるつもりなどない。

「っ！」

足元から急速に氷結しながらせり上がっていく氷の柱。

アンテはサッとその場から大きく退避した。

この魔術だけで決まることはないが、無防備に受けていい威力でもなさそうだと、瞬時に判断した結果である。

その判断はきっと正解だった。

「ひゅう♪」

思わずアンテがこぼした口笛。

それもそのはず。

凛が作り上げた氷柱は、直径一〇メートル、高さ五〇メートルにもなる立派な代物だったのだ。

それだけではなかった。

屹立《きつりつ》する氷柱に一気にひびが入り、砕けた。

へし折るにはアンテであっても多少苦労するだろうほどの氷柱が、だ。

ただの氷柱なら苦労などしない。

問題はこれを魔術で組み上げたということ。

池はおろか、水たまり程度の水源すらもない場所で。

使い手によって威力が変わるのは今更言うまでもない。

「これは。……!!」

砕けた氷柱。

それによって生まれた破片、そのどれもが氷柱のようになっていたからだ。

空中で氷柱は向きを変え、鋭い切っ先のすべてがアンテに向けられた。

「二段構えか！」

これほどの規模、間違ってもただの魔術で可能なものではない。

防いでも回避してもいいが、これだけの数をすべて避けるのは面倒くさい。

ならばいっそ、射線から逃れてしまうのが一番手っ取り早い。

「させぬよ」

杖の先をアンテに向けているのは、凛とミューラの師を名乗る妙齢の美女。

シンプル。

しかし、実に効果的だった。

発射速度が速く、ダメージよりも吹き飛ばして体勢を崩すことを目的にした風魔術だった。

土煙を巻き上げて不可視の弾丸が飛び。

あまりの速さによけきれなかったアンテの全身に衝撃。

土煙が先程の氷柱以上の高さに舞い上がった。

ダメージは大したことはない。

しかし、瞬間身体の制御を奪われた。

強制的に作り出されたその隙はさすがにまずい、と思ったアンテだったが、どうしようもない。

この連続攻撃はかなり効果的だった。

相手の力量を測るため、避けはしたが全力では防がなかった。

その結果が、これだ。

「……くっ」

陽の光を浴びて輝く無数の切っ先。

「いけ！」

凛の号令を契機に、それが一気に動き出す。

速度も速い。

来ると分かっていれば避けるのは難しくはないが、こうして一瞬でも隙を作られてしまったら受けるしかない。

どどど、と無数の氷柱が降り注いだ。

全弾がアンテに向かったわけではない。

むしろ大部分がアンテの周囲に刺さるコースだ。

逃げ道らしい逃げ道はほとんどない。

これは撃たれる前に範囲内から抜けなければ避けられないものだ。

氷柱の攻撃が終わった。

凛、ミューラ、レミーアの連携による先制攻撃。

それによってどれほどのダメージを与えることができたのか。

砂ぼこりがおさまり、そこから現れたアンテは。

身体のところどころに切り傷や擦《す》り傷ができているが、大きなダメージというか、深い傷は出来ていない。

「ふふふ……あなたたちを選んで良かったわ。わらわが傷を受けたのは何十年ぶりでしょう」

その言葉で、アンテが長寿であることは分かった。

ミューラとレミーアも長命種なので珍しいことではない。

むしろ重要なのは、数十年もの間、傷を負わない程度には強く、敵になる者がいなかったということだろう。

「直撃のはずだけど、やっぱりタフだね」

「そりゃあ……あたしたちの誰よりも強いのだもの」

「むしろこうして傷を与えられることに安堵《あんど》して良いくらいだな」

その通りである。

まったく攻撃が効かなくてもおかしくなかったのだ。

魔力の強さのレベルであれば相当強いはずの身体能力。

何らかの理由でその基準には達しなかったということだろう。

さて。

となれば気になるのは、アンテの戦闘能力だ。
感じる魔力としては明らかに格上なのに、こうして攻撃が通る。
ということは、だ。
「なら、次はわらわの番ね。行くわよ」
ぶわ、と一気に魔力が凝縮された。
その濃度。
精度。
強度。
どれか一つでも警戒するに値するほどのもの。
一体何が起きるのか。
すると、アンテは身体の周囲に大量の深緑色の液体を生み出した。
そのおどろおどろしい液体の量は尋常ではなく。
身体の周囲、などと言うのがおこがましい量が。
一秒と経たずに生み出された。
「わらわの力は、ほぼコレに集約されていてね」
無造作に手を突っ込み、握りこぶしほどの液体を取り出す。
それをこれまた無造作に、凛、ミューラ、レミーアに向けて放り投げた。

そんなに大した量ではない。

速度も大したことはない。

だが、凛たちは警戒心ＭＡＸで大げさに回避した。

それは、正解だった。

ジュワア！　という音とむせかえる刺激臭と、明らかに身体によくなさそうな白い煙を沸き立たせながら。

半径数メートルにわたり、深さ二メートルほどの穴が出来上がった。

「酸……」

それも、相当に強力な。

大げさに避けておいて正解だった。

直撃は間違ってもできないだろう。

飛沫《ひまつ》だって受けられない。

どうにかして避けるか、確実に防ぐかしかない。

街中でなんて戦えはしない。

拳一つでこの威力。

アンテの周りには、数百リットルにもなるだろう酸がたゆたっている。

「ふむ、酸を操る能力に全振りしたようだな」

この威力。

そしてあの量の酸。

これだけでも脅威極まりない。

この分だと、あの大量の酸を手足よりも自由に扱えても不思議ではない。

接近するだけで一苦労となるだろう。

「だから、攻撃が通じたわけですね」

「その代わりに、あの酸……やっぱり、強敵でしたね」

むしろこれくらい厄介であることは覚悟していた。

そんなに甘いはずがない、と。

魔力は高まっているし、宙に浮かぶ酸からも強い魔力を感じる。

しかし。

あれは。

「魔術でも魔法でもないんだ……」

「そうだな」

「そうだと思うわ」

あの酸が出てくる時に何らかの術式の起動は見られなかった。

ただ、魔力が酸に変わったようにしか見えなかった。

「つまりただの特性、特殊能力か」

まあ、魔術だからどうなのか。

魔術でなかったら何か違うのか。

そう聞かれたら、別にそんなことはない、と答える。

魔術だろうと魔術でなかろうと。

魔法だろうとそうでなかろうと。

やることは変わらない。

あの酸の攻撃をやり過ごして攻撃をして。

あの酸を潜り抜けて攻撃を届けるしかない。

「分かったようね。わらわにできるのはこれだけよ。まあ、このメイスもあるけれど……」

アンテは背中に背負っていた身の丈ほどもあるメイスを担いだ。

見ただけで分かるすさまじい重量だ。

魔力が身体能力にそこまで割り振られなかったアンテではあるが。

それでも、ただの金属の塊程度を片手で枝切れのように振り回すことくらいはたやすいだろう。

「これは見栄えのために持っているにすぎないの。別にいらないのだけどね」

「ああ、箔付けというやつだな」

「そういうこと。全く面倒だわ」

「分かるぞ」

思わぬところで思いが一致した。

レミーアとしても、装備品には飾りがある。

正直ない方が自由が効いていい時がほとんどだ。

杖がないと満足に思う通りに扱えない、という場面はほとんどない。

使っても使わなくても魔術の質にほぼ変わりはない。

箔付けと見た目、そして魔術師としての存在感のためというのが主な理由だ。

それなりの頻度で使っているのは、せっかく持っているのだから使ってやろうか、くらいの認識でしかない。

使った方が多少なり威力や速度、精度が上がるという一面もあるものの。

片手をふさがれているというデメリットとおおよそトントンといったところだ。

「ふふ。じゃあ、お互いに準備運動を終えたところで、本番といきましょうか」

そうだ。こんなのは互いの手の内をちらりと見せただけに過ぎない。

ここからだ。

今度は凛たちの動きを待たず、アンテから動いた。

周囲に漂わせていた酸のうち半分を一気に固め。
広範囲に噴霧した。
効果的だ。
逃げ場はない。
ならば。
「はっ！」
ここはレミーアの出番だ。
強い風を巻き上げて飛沫《ひまつ》を防ぐ。
凛、ミューラ、レミーアは被弾はない。
無傷だ。
しかし周囲は惨憺《さんたん》たるありさまである。
だが逆にこれでこそ、という感じでもある。
アンテの攻撃なのだから、このくらいの威力があって当然だ。
「そうこなくちゃ。なら、これはどうかしらね？」
今度は酸を槍のようにして放ってきた。
凛が使う水属性の攻撃魔術にジェット水流の魔術があるが、それと外見は似ている。
液体が酸であること、その速度が凛の魔術以上であることを除けば。

とんでもない破壊力があるのは間違いない。
これは、撃ち返すのがいいだろう。
冷気を固めて圧縮、凝縮。
酸の槍に向けて放った。
空中を下に向かって飛ぶ酸の槍と、凛が撃ちあげた氷の光線が正面衝突する。
凝縮して極低温の冷気を内包した光線だ。
何かの育成ゲームで冷凍光線みたいな攻撃があったが、まさにそんなイメージだ。
酸の槍をバキバキと凍らせていき、結果的に相殺することができた。
液体が氷になったことで、攻撃も勢いを失い地面に落ちた。
「くっ……」
受けてみて思った。
あんな無造作な撃ち方だというのに、かなり威力は高かった。
精霊魔術以外では受けきれない。
それ以外では間違いなく一瞬で押し負けていただろう。
「やるわね。どんどん行くわよ！」
攻撃が連続になり、加速度的に激しさを増していく。
それもそうだろう。

あんな単発の攻撃が、彼女の本領なわけがない。

どんどん攻撃力が増していくのは何もおかしくない。

「無理か……！」

ミューラはもう一度切り込もうとするが、酸の弾幕があまりにも分厚くて断念。

むしろ回避に専念した。

ふと死角から狙う酸の弾丸に、石の塊をぶつける。

石は完全に溶かされたが、酸もそれ以上は進まずに落ちた。

なるほど……。

さすが、精霊魔術。

相討ちに終わったところに、ミドガルズのプライドを感じた。

「これは……よし」

ミューラは全身に土の魔力をまとわせて飛び出す。

それに向けてアンテも迎撃のために酸を放つ。

当たりそうになったところだけを土で覆って防御。

分厚く頑丈な鎧《よろい》を局所的に生み出しながらどんどん接近していく。

「へえ、やるわね！」

「はああっ！」

酸を攻略され、近接戦闘が出来るまでの距離まで近づかれたにもかかわらず、アンテは笑顔だった。

ミューラが剣を振りかぶる。

アンテもメイスを振りかぶった。

ガァンーー
激しい衝突音。

精霊魔術による身体強化と剣の強化を施し、その細身からは想像もできない膂力《りょりょく》を発揮するミューラと。

そのミューラ以上の魔力の強さを誇るアンテの一撃。

平凡なはずはない。

離れているギルグラッド全域にまで響いているはずだ。

「ちっ！　やっぱりね！」

「やるわね！」

空中でガンガンと剣とメイスを撃ち合わせる二人。

ミューラの方は真剣だが、アンテは自分に力で張り合ってくる者がいることに楽しそうだ。

ガツンとぶつかりあって、二人の距離がわずかに離れた。

そのアンテを狙い、クロスを描く風の刃が飛来した。

「っ！」

アンテがひらりと回避した。

太一開発の『エアロスラスト』をブリージアの力を借りて放った。

当然だが、声になど出していない。

不意を突くのに声を出したらバレてしまうからだ。

「ちっ」

見事避けられ、レミーアは舌打ちをひとつ。

当たっていれば、どれだけのダメージになるかの試験にもなったのに。

「三対一は思うようにいかないわ、やはり戦いはこうでなくちゃね！」

アンテは楽しそうである。

さすがに空を飛ぶことはできないミューラは、足元に生み出した岩を蹴ってアンテから距離を取る。

「戦いが好きなのね」

「当然。勝敗が分かっている勝負など、面白くもなんともないでしょう？」

どうして、こう。

「バトルマニアみたいな人に、とことん縁があるかなぁ」

グラミしかり、スソラしかり。

まあだからこそ。

街から離れるという要望を呑《の》み、こちらの都合に合わせてくれている一面があるので、一概に悪いわけではないのだが。

さて、視線がレミーアにいったことで、凛のこともバレてしまった。

ならば、撃つしかなかった。

右手に持つのは、氷で作り出した銃。

その中には当然氷の弾丸。そしてバレルには螺旋《らせん》を刻んでいる。

細かい造作《ぞうさく》はしていない。銃の形をしていて、引き金を引くことで撃つ、というイメージが成立していればいいからだ。

これは別に自前の魔術でも可能だが、違うのは強度。

そして、威力。

照準をアンテに合わせ、発射。

火薬の代わりに圧縮した氷を弾けさせて推進力とした。

速度に全振りした一撃。

その代わり自由度はなく、弾丸も小さい。

なので仮に当たっても大きなダメージにはなるまい。

一応、傷が出来る程度で。
命中率は、極めて高い。
だが。
「くっ⁉」
アンテは、ぎりぎりで避けた。
今度は必死そうだった。
先程のレミーアの攻撃よりは。
それだけよけづらかったということだろう。
そうでなくては困る。
凛の攻撃を回避させる、すなわち、酸での防御をさせないためにはどうするか。
それを判断するための一撃だったのだから。
アンテの方も、何があるか分からないということで避けたのだろう。
凛としてはかなりの収穫だ。
アンテが一生懸命避けるだけの速度で撃てたわけで。
弾速で言えば『電磁加速砲』の方が速い。
しかしそちらでは威力が圧倒的に足りない。
アンテにダメージを通すには、氷の精霊魔術を使う以外の選択肢はない。

「やるわね……！」

特殊能力全振りのアンテだからこそ凛の攻撃が通るのだが、そこは幸運だったと喜ぶところだ。

自分の練りが甘いことを嘆くのは、この戦闘が終わってからでいい。

このことはミューラとレミーアにとっても朗報である。

長期戦にはしたくはない。

ならば、立て続けにダメージを与えるか、強力な攻撃で一発で仕留めるか。

それしかないわけだ。

「やられっぱなしで終わるとは思わないことね！」

アンテがさらに酸を生み出した。

とんでもない量だ。

魔力を変換しているのだろうが、無尽蔵にも思えてしまう。

特殊能力全振りという推測が正しければ納得もできる。

「わらわも行くわよ！」

アンテはその酸を全身にまとわせる。

すさまじい量が浮いていたのだが、それがすべてアンテの身体に。

触れるものすべてを溶かす鎧《よろい》だ。

そのまま突進を開始するアンテ。

なるほど、攻防一体。

強力な攻撃である。

「凍れ！」

アンテが突っ込んでくるのに合わせ、凛が急いで絶対零度の空間を作った。

酸を凍らせて無力化しよう、という魂胆だ。

絶対零度という高威力なので効果範囲は広くないが、確実にアンテを巻き込むことができた。

結論から言うと、うまくいかなかった。

表面をはがしただけにすぎず、パラパラと氷の欠片《かけら》が散らばるだけだった。

「散れ！」

レミーアの声で、凛もミューラも散開して突進を回避した。

ただ凍らせるだけではうまくはいかない。

あの酸の鎧《よろい》をはがすのは容易ではなさそうだ。

そして。

避けただけでは終わらなかった。

アンテは、通り過ぎた後に酸の弾丸をばらまいたからだ。

狙いはつけていない。

指先ほどの弾を無数にただ放っただけにすぎない。

狙っていないからこそ脅威だった。

視線や殺気などで射線を読んで予め避けるのではなく。

目で見るなりしてその存在を肌で感じ取り、回避する必要があったからだ。

これぱかりは全力で対処せねばならない。

狙われているわけではない散弾。

目で見ながら一つ一つ、丁寧にさばいていく。

かなり神経を使うし疲れるのだが、スペックが上がった今だからこそ対処できている面がある。

これでも一発一発の速度はかなりのもので、
もちろんそれだけでは終わらない。

アンテはそんな甘い相手ではない。

なのだが、「それだけで終わるはずがないだろう」と分かっている状態ならば、戸惑わずに対処しに行けるのだ。

さらに突進する、と見せかけて、酸を大きく風呂敷のように空中に広げて、降り注がせてきた。

広げると一見薄くなって破りやすくもなりそうだが。

「はっ！」

ミューラが放った土の杭は、ごぷりと酸に沈む。

穴は空いたものの、感触的にはそれなりの厚さがありそうだった。

全体的に、アンテは逃げ場がない広範囲攻撃を好むようだ。

逃げ場はない。

破るかして防ぐかするしかない。

「合理的だな！」

叫んだレミーア。

まったくもってその通り。

当たればいい。

なんならかするだけでもいいのだから楽なものだ。

自分がアンテの立場なら同じようにする。

酸だけしか使えないが、これだけの威力があるならアンテの戦法で十分だ。

何せこちらも対症療法でどうにかしているだけで、根本的な攻略は出来ていない。

これだけ戦ってこの体たらくなのだから、アンテが自分のスタイルを崩さないのもむべなるかな。

同じ攻撃ばかりしていては勝てない、と思わせられていないわけだ。

ただし。

「別に、崩す必要は、あるまいがな！」

空気を強力に、一瞬で圧縮。

それを前方に向けて、衝撃波として放った。

風圧で吹き飛ばす。

レミーアの狙い通り酸が吹き飛び、三人には当たらなかった。

「私の風は、相性が良さそうだな」

溶かすものが存在しない空気の流れを操るのが風魔術。

土魔術も氷魔術も、溶かすものが存在するのだ。

それがない風は実に相性がいい。

「リン、ミューラ」

「はい」

そのまま、レミーアは自分の方針を表明した。

「私は以降、防御に徹する」

「……！」

師匠が何を言いたいか。

みなまで聞かずとも理解できた。

「お前たちで、こじ開けろ」

「了解です！」

「分かりました！」

なぜレミーアがそう口にしたのか。

試練ではない。

最適な役割分担だ。

さて。

ではどう破るのか。

そこが問題だ。

「どうやら、そろそろ大詰めのようね」

不意に、アンテがそう口にした。

なんとなく理解できた。

凛たちが役割分担をした。

つまり全力でアンテの攻略を開始するということだ。

アンテとしても、今の広範囲攻撃に勝るような、効率的かつ効果的な戦闘方法は持っていない。

通じない攻撃に後生大事にしがみついて使い続ける趣味はない。

より考えて、各個撃破のようにじっくりと戦うのはそんなに得意ではない。

一対一ではない。

無視できない強さの人間が三人。

防御に専念する、というレミーアも、当然だがアンテがあまりにも意識を逸らしていたら攻撃はする。

そうなったら、アンテの有利はかなり消え去ると思っていい。

だから、今のうちに仕留めるように努めるのがアンテにとっての最適解。

凛、ミューラ、レミーアにとっては、この広範囲無差別攻撃を攻略するのが最適解。

この膠着《こうちゃく》状態が崩れるとなると、一気に事態は変化する。

根拠はないし、傍《はた》で見ている者がいたら信じなかったろうが、戦っている本人たちが誰よりそう思っていた。

◇◆◇◆◇◆◇◆

鋭い剣閃が魔物を切り捨てた。

あれから街の中をぐるりと巡回しながら、襲い来る魔物を倒していた。

どれだけ倒したのか。

すっかり魔物がいなくなっていた。

周囲に気配もないし。

遠くからかすかに聞こえる悲鳴も。

何かが破壊される音も。

今はもう聞こえない。

もしかしたらまだ残っているのやもしれない。

しかし、それは他の部隊が対処するだろう。

「ふむ、大体対処したと言っていいだろうか」

第一騎士団の団長が思わず、といった形でそうつぶやいた。

もう見かけないのだ。

そう思うのも無理はない。

しかし、団長はそこで気を抜かなかった。

「引き続き気を抜くな。全滅しきったと確定したわけではないのだ」

「はっ！」

部下からの返事にひとつうなずき、引き続き街のパトロールを続ける。

「ふむ。確かに貴殿がいう通り、ほぼ残っていないと言っていいでしょうな」

テスランは、団長が下した「ほぼ対処済み」という予測を支持した。

一時はなみいる敵の波状攻撃も受けたのだ。

その時は必死に耐えながら一体ずつ着実に減らしていき、どうにか被害を最小限に切り抜けることができた。

さすがに無傷とはいかず負傷した者も多数いたが、全員が戦闘継続不能にならずに治療だけして戦線に復帰できた。

それはひとえに団長とテスランの指揮が優れていたからだ。

そして、ここまでの間でシャルロットの周囲半径二〇メートル以内に侵入されたことも、一度たりともない。

敵を殲滅《せんめつ》しながら、絶対に守らなければならないシャルロットを連れて、ここまで最良と胸を張れる戦果だ。

ともあれ、連戦続きではいかに屈強な騎士や兵士であっても、休みなしではポテンシャルのすべてを発揮できない。

よって彼らは休み休み進んでいた。

急ぎたいのはやまやまだが、戦闘時に疲れが溜まったまま、というのも避けるべきなのだ。

「変わりませんな」

「そうですな。見渡す限り……」

壊された家。

魔物の死骸。

そして人の遺体。

地獄絵図に変わりはなかった。

それでもこれ以上被害を出さないためには必要なことだ。

市民を救うのも騎士の大事な仕事だ。

より多くの市民を救うためには適度な休憩も必要なことである。

「あ、あれは……！」

と、ある騎士が空を指さした。

そこには、街中から集まっている煙が。

その数、無数。

「なんだあれは……」

天で集まっていく煙を見て、テスランは首を傾げた。

やがて空に集まった煙が一つの姿を見せた。

「これは……」

「なんなんだ？」

他の者からも疑問の声。

その間にも煙はどんどん集まっていき……。

最終的に、竜の姿を作り上げた。

「竜、だと……?」

最強の象徴。

人類にとっては逆立ちしてもかなわない相手。

そんな存在が、まさかこんなにあっさりと現れてくれるとは。

信じられない。

これはちょっとシャレになっていない。

本当に守れるのか……。

もちろんシャルロットのことだ。

聖騎士たちはその面子にかけて。

相手が強すぎて守れませんでした。

それならば仕方がないな。

とはならないのが聖騎士だ。

だからこそ、普段から特権が認められているし、有事になれば下手な貴族よりも権力があったりするのだ。

実際に勝てなかったとしても。負けるのが分かっていても。

建前として、いの一番に命を捨てなければ話にならないわけだ。

そしてそれは、聖騎士たちだけではなく、シャルロットの護衛も同様である。

そんな明らかに危険な竜が現れたのだが、その姿は即座に消えてしまった。

◇◆◇◆◇◆◇◆

「なぜだ！」

ついに奥の手が現れた。

マルチェロが用意した、最後の一手だ。

ローブの者たちの死をトリガーにしてドラゴンが現れるようにした。

彼らには名誉ある殉職をしてもらったわけだ。

それによって、街中の魔物を討伐し、それを率いていた部下も全員が狙い通り討伐されたわけだが。

満を持して現れたドラゴンが、空間がゆがんだと思ったら消えていたのだ。

どうしてこうなった。

あれが街中に現れて暴れてこその、マルチェロの作戦が完成するのだ。

そのはずだったのだ。

なのに今はもう。

街の上空に現れたドラゴンの姿は影も形もない。

「どういうことだ！」

マルチェロは叫ぶ。

しかし、応える者はそこにはいない。

空しい叫びはそのまま空中に霧散するのみ。

もはや、どこにドラゴンがいってしまったのかも分からない。

「くっ……いったい、どうやって……」

空間を捻《ね》じ曲げて転移させた、とでもいうのか。

そういうものがあることは知っていた。

シャルロットは時空魔導師だが、ドラゴンほどの質量の生き物を転送させる術が使えるのだろうか。

まあ、彼女でないことは分かっている。

これほどの大魔法を使えば魔力の増幅と高揚は隠せるものではないが、そういったものはなかった。

「頼みの綱は、アンテさんだけ、ですか」

非常に業腹だが、いなくなってしまった要素にいつまでも拘泥《こうでい》していても意味はない。
街の外に目を向ける。
そこでは、およそ人智を超えた戦いが今も行われている。
覚悟はすでに決まっているが。
マルチェロは、この期に及んでもなお勝利を疑ってはいない。
それはひとえに、アンテの強さへの絶大なる信頼ゆえだった。

◇◆◇◆◇◆◇◆

「出てきたな。お前の出番だぞ、たいち」
サラマンダーがそういうと同時に、ドナゴ火山の山頂に大規模な質量の気配。
人間の大きさをはるかに上回るものが、ここに転送されようとしていた。
直後、高さ幅ともに十数メートルにわたって空間がひずみ、揺らいだ。
揺れた空間が元に戻った時、そこには赤竜がいた。
見た目からすると、恐らく火竜だろう。
強い。
単純なスペックでは、ツインヘッドドラゴン以上か。

「まあ、イニミークスほどじゃあ、なさそうだけどな」

この世界に来た当初の太一なら間違いなく強敵だった。

しかし、今の太一ならそこまで脅威ではない。

そう、命の危険、という意味では、かなり低い相手ではある。

それどころか、勝つこと自体それほど難しいものではない。

何なら、戦いを意図的に長引かせようとしなければ一撃で戦いが終わる見込みもあった。

しかし、今回の戦いは、そう単純なものではない。

何せいくつもの制限がかけられているからだ。

「さっき伝えた条件、覚えてるな?」

サラマンダーが念を押す。

覚えている。

「サラマンダーの力しか使っちゃいけない。一発でも被弾したら不合格。必ず三回の攻撃を行って、殺さずに戦闘不能にしろ、だったか」

「そうだ」

攻撃はすべて回避か防御。

そのうえで、必ず三回攻撃を行い、三回目の攻撃で戦闘不能にせねばならない。

戦闘不能だ。

討伐してもいけない。

というレギュレーションがかけられているのだ。

試練なので簡単ではないとは思っていたが。

使い慣れていないサラマンダーの力のみしか使えないというので、これはかなり気を遣って戦わなくてはならない。

相手は火竜なので火には強そうだ。

とはいえエレメンタルの炎には耐えられないに違いない。

問題は、半端に火耐性を持っていることで、匙《さじ》加減がより難しいことだろう。

「さて、がんばれ。これが最後の試練だ」

望むところである。必ず成し遂げてみせると、太一は気合を入れた。

◇◆◇◆◇◆◇◆

「ふふふ、ご苦労様」

シェイドは、太一が赤竜と向き合っているところを見て満足げだ。

「ありがたきお言葉」

赤竜の転送を手配していたアルガティは、主からの賞賛の言葉に頭を下げて礼を述べた。

シェイドはアルガティに背中を向けて、空中に投影した映像を眺めている。

なので一切視線を向けられていないのだが、アルガティにとってはそれでも十分だ。

「これですべての場が整ったね」

「おっしゃる通りです」

うんうん、とうなずくシェイド。

「さて……。後は、彼らががんばるだけだ」

「彼らにはここで成長してもらわねばなりません」

そうだ。

やってみて、成長がギャンブルだった、ではやった甲斐《かい》がない。

「そうだね。まあ、大丈夫だろう」

だが、その辺シェイドは心配していない様子だった。

「さようでございますか」

「うん。君の計画は聞いていたけど、かなり効果的だからね」

「お褒めいただき恐悦でございます」

とはいうものの、アルガティとしては是非とも実績を残さなくてはならない。

別に自分の功績そのものに興味はない。

シェイドの役に立つためには、結果的に実績が必要なのだ。

「まあ……。後は結果を見るとしよう。こちらはもう決着がつきそうだ」

シェイドが示したのは凛、ミューラ、レミーア対アンテである。

赤竜が転送されたばかりの太一側と違い、こちらは確かに大詰めだった。

第九十六話　決着、竜人と竜

「へえ、ウザいのが来たと思ったけど、いなくなったわね」

何が理由かは分からなかったが、街の上空に現れたドラゴンは即座に消えていた。

凛たちはなぜ消えたのか、のところもそれなりに気になっていた。

そもそも街の上空に現れたことについてかなり気を取られていた。

なのだが、アンテにとってはドラゴンについては重要ではなかったようだ。

いやむしろ、ドラゴンが出た瞬間、アンテは嫌がっているように見えた。

「これで心置きなく、続きができるわね」

せいせいした様子のアンテ。

凛、ミューラ、レミーアがドラゴンに気が散っているのを容認できなかった様子だ。

やはりバトルジャンキーである。

「気にならないの？　どうして消えたのか」

「わらわは気にしないわ。それよりも、あなたたちの集中力が途切れる方が困るわね」

戦いに集中して欲しい、という言葉。

やはり容認できなかったらしい。

「あなたたちは気になるのね」

「まあ、そうね」

「気にならぬはずがないな。あれほどの質量の物体が消えるなどな」

「そう。まあ何らかの転送でしょうね」

それは分かる。

あれだけの存在感が、空間がゆがんだと思ったら、そこにまるでいなかったかのように消えたのだから。

「さあ続きといきましょう。そろそろわらわが勝つか負けるか。その決着もつきそうなことだし」

「負けるのも、受け入れているみたいね」

「当たり前でしょう？　何をどうしても必ず勝てる相手と戦ったって、何が面白いというのかしら？」

アンテは構えながらそう言った。

勝ち負けが決まっている勝負に価値はない。

という発言。

誰かを思い出す。

「やっぱりグラミみたいね」

「そうだね。言ってること一緒だよ」

「ああ、あの女傭兵《ようへい》か」

レミーアは戦ったことはないが姿は見たことがある。

確かに、まとっている空気はそんな感じだとレミーアも思った。

「ともあれ、やるぞ」

「はい」

「分かりました」

ともあれ。

ドラゴンのことについて心配する必要がないのなら、アンテとの戦いに集中すべきだ。

アンテの方も話し合っている間には攻撃を仕掛けてこなかった。

戦いに意味を求める彼女にとっては、凛たちが準備できていることこそ重要なのだろう。

レミーアが背後で目を光らせている。

その視線を背中に受けて。

ミューラが一気に飛び出した。

半分ほど距離を詰めたところでミドガルズによる魔術強化に切り替え、一気に加速した。

その速度変化は劇的であり、分かっていても目が追い付かない——そういう効果を狙っ三人がかりでやっと張り合えて、一対一では勝てないくらいに強いアンテを相手にしてたものだ。

どれだけ効果があるかは分からないが、やらないよりはよほどマシだ。

さて。

「それ！」

アンテは特に慌てた様子もなく酸の弾丸を無数にばらまく。

これもまた精密には狙わず、ぶちまけたような攻撃だ。

精密に狙われるのは厄介だ。

相手が避ける先を予測して弾丸を置いておく、いわゆる偏差射撃は当然のスキル。

アンテの射撃制度がザルではないことはすでに分かっている。

偏差射撃くらいはお手の物だろう。

ただ、やみくもにいつも正確な射撃をする必要はない。

それをアンテは教えてくれる。

意志が感じられないのでむしろ別種の厄介さがあった。

ただ適当。

弾幕を分厚くして、シンプルによけにくく。

かするだけでも大ダメージとなる酸という攻撃を扱う上で非常に効果的。

違うのは、あくまでもミューラに対してだけ、それを行っているということか。

空中から酸をばらまいて無差別爆撃を行っていた時とは攻撃の質が違う。

これを避けるにはどうするか。

破城槌でも壊れないといううたい文句。

『フォートレス！』

頑強な岩石の巨大な盾をかざして突っ込んでいく。

表面は容赦なく溶けていくが、構わない。

酸の弾幕さえやり過ごせてしまえばいいのだ。

盾がボロボロになるころ、ミューラは弾幕を切り抜けていた。

その瞬間、アンテの視線がちらりとミューラの後ろに向く。

凛が、タイミングを見計らって杖の先に氷の剣を作り出したからだ。

精霊魔術を使えるようになる前から、彼女が扱う攻撃手段の中でも飛びぬけて強力な一手。

足を止めて魔術を乱射するのが主な戦闘手段である凛にとっては攻撃範囲があまりにも狭く、なかなか使用されない魔術である。

だが、足を止めて戦うのが得意である、ということと、接近戦を一切行わない、ということは、イコールでは結びつかない。

かつて強敵だったグラミでさえ、凛のあの剣は避けざるをえなかった。

さすがはアンテだ。
凛のあの氷の剣は、距離があってなお見過ごせなかったらしい。
そして、一瞬視線が逸れるということは。
隙だった。
「はあっ！」
力いっぱい剣を振る。
本当にただの力任せだ。
だが、ミューラの身体強化のなかでもっとも強化されるのが純粋なパワー。
この振り下ろしこそ、簡単シンプルながら一番攻撃力が出せる攻撃だ。
「ちっ！」
アンテはミューラの攻撃から逃れられず、迎え撃たざるを得なかった。
しかもこの攻撃、何がいいかといえば、連撃を放つのが簡単、ということだ。
なにせからくりは、ただ力が増しただけというもの。
魔術を構築したりする必要もないのだ。
かつての魔力強化一〇〇状態の太一をもはるかに上回る攻撃力。
アンテの足を中心に、数十メートルにわたって地面にひびが入った。
ほぼ余裕がない状態で、むしろこの威力を受け止められるのだからたまらない。

「さすがね！」

心からそう叫ぶミューラ。

「この程度ができないようじゃ、あなたたちに喧嘩《けんか》なんて売れないでしょう！」

振り払おうとするアンテと、連撃を加えて逃がすまいとするミューラの一進一退の攻防。

だが、アンテもただミューラの剣にメイスをぶつけているわけではなく。

ミューラもまた、何も考えずにアンテに切りかかっているわけではない。

アンテが不意に、酸を身体からにじませる。

当然そのくらいのことはしてくると予測していたミューラは即座にバックステップ。

「逃がさないわ！」

「当たらないわよ！」

広がりかけた酸は、一瞬で凍結した。

さすがに接近戦をしながら、空中にいた時のように酸を生み出すことはできないようだ。

「ちっ！　やるわね！」

視線を動かした先。

目と鼻の先まで迫っている凛の姿。

その手に持っている氷の剣を振りかぶっている。

あの一撃を、アンテはどうするか。

「はっ！」

「それは当たってあげられないわ！」

アンテは素早く飛びのいた。

酸を強力に噴射。

その推進力を使って距離を取ったのだ。

なるほど、その手があったか。

ではなぜ、ミューラの攻撃にはそれをしなかったのか。

デメリットがあるからに、他ならない。

「くっ！」

がくりとわずかに膝《ひざ》が崩れる。

やはり酸を生み出すときには、他のことはできないのだろう。

できない、というのは言い過ぎか。

正確にはしたくない、というところのはず。

とりもなおさず、アンテにとって身体への負担が大きいからにほかなるまい。

明確な弱点に、見える。

だが、ミューラは距離を取ったアンテに対し、チャンスと見て切りかかる真似はしなかった。

凛もまた、接近戦についてはミューラのことを信頼している。

彼女が追撃をしないということは、そこはチャンスではなく、撒《ま》き餌。

「ふふ……引っかからなかったわね」

膝が崩れたのは演技ではなかったようだが、それでも。

「あなたが、その程度でやられてくれるなら、私たちは苦労してないもの」

「そういうことよ」

「そ。残念だわ」

ごぼりと、アンテの周囲の地面から酸が一気に噴き出した。

「あなたたちの見立ては正しい、見事だわ。でも、戦闘継続ができないわけじゃない」

「種明かしをしていいの？」

「問題ないわ。この程度を明かしたくらいで負けるなら、わらわはそこまでだったということよ」

「やっぱり厄介ね」

自分の弱点すらも織り込んで、それを誘って餌にする。

逆に厄介だ。

相手が見せる明確な隙。

そのどれが本当の隙で、どれが誘いのための撒き餌なのかを判断しなければならない。

戦闘巧者ならば当たり前のように使う手だが、このアンテもやはりそういうことは当たり前にやってきた。

だが。

アンテのそれが誘いなら。

この会話だって、誘いである。

ふと放たれた氷の剣。

無言のまま、凛が杖をアンテに向けて撃ったのだ。

それくらいのことはしてくるだろうと思っていたのだろう。

アンテはそれを酸で受け止め。

再び接近を開始したミューラを迎え撃つ。

「話している最中とは、いいわよ、実にいい！」

「戦闘中の会話なんて、不意を打つためのものだから！」

会話をぶった切る真似をした凛は全く悪びれない。

「その通りよ！　そうでなくてはね！」

そしてそれを、アンテは当然であると受け入れていた。

不意が打てなければ会話を続け、不意を打てる、あるいは休ませるつもりがない場合に取る選択肢。

もちろんそれは、凛とミューラにとっても自分たちの休憩時間も短くなるということだが……。

それでもなお、切りかかった方がいい、という選択をした結果だった。

「だからこそ、この勝負の勝ちに意味があるわ！」

アンテはぶわっと酸を広げた。

今度は散弾ではなく、手にしたバケツの中身をぶちまけるように。

それを、凛は急速冷凍。

イメージは液体窒素。

ガチンと凍る。

「しゃらくさい！」

しかしそれは表面だけのこと。

アンテは凍った酸を動かし、表面の氷を突き破った。

そこまで分厚くないとはいえ、精霊の氷を破壊してくるのだから、さすがは強敵アンテ。

しかし、破られることは想定済み。

時間をかければできるだろうが、一瞬では芯まですべて完璧に凍らせることはできないと分かっていた。

なので、時間稼ぎ。

それさえできれば、十分。

ミューラは酸が一瞬止まった隙に接敵。

アンテが凍った部分を壊す直前、ぎりぎりで懐に潜り込んだ。

剣を土の精霊魔術で強化して殴りつけるように振り上げる。

「はああっ！」

「ちっ！」

思わず漏れた舌打ちが、厄介である、という感情を表していた。

ミューラの攻撃の勢いをうまく利用して、アンテは後ろに跳んで距離を取る。

地上に降りてきた以上近寄られるのも厭《いと》わないようだが、それが嫌でないかと言われれば、そうではないということだろう。

つまり、勝機を得るなら、そこだ。

凛もまた、再び氷の剣を見せつけるように生み出した。

高威力であることは既に見せつけている。

先程は防がれたものの、かなりの酸を防御に使っていたのは分かっている。

ミューラの攻撃を受けながら、凛のこの氷の剣をさばくのはなかなかの苦行だろう。

とはいえ、凛は今回ミューラと同様に飛び込むのはリスクが高い。

グラミの時は行けた。

それは、無差別全方位攻撃、しかもかすることもままならない攻撃、というのがなかったからだ。

さすがに近接戦闘の勘を持たない凛では踏み込む方がリスクが高い、という判断である。

だから。

「これでっ！」

突っ込んでいくミューラの左右から飛んでいくよう、二発の氷の剣を放つ。

ミューラをかすめて飛んでいく氷剣。

「くっ！」

氷の剣二本に加えてミューラの攻撃。

この二つは厄介なはずだ。

アンテは、まずミューラを近づかせまいと酸の噴霧。

続いて凛の攻撃に対処するため、酸の塊をひとつ生み出すアンテ。

一本を相殺し、そちらに身体をずらすという方針のようだ。

その一連の対応を読んでいた。

凛が、ではない。

ミューラが、でもない。

地面から巻きあがった上昇気流が、噴霧された酸を上空に吹き飛ばした。

「やってくれる……！」
アンテのところにたどり着くのは氷剣が先だ。
まずこちらを対処せねばならない。
予定通り、アンテは身体をずらしながら二本のうち一本を酸で相殺した。
かなりの威力だ。
二本とも相殺する暇はない。
もう一本は逸れていくので問題はあるまい。
もうミューラがすぐそこにいる。
こちらを迎撃しなければならない。
「そう来ると思ってたよ！」
しかし。
ここで、アンテにとっては誤算。
凛にとっては、狙い通り。
「!?」
やり過ごしたはずの氷剣が、軌道を変えて切っ先をアンテに向けたのだ。
片方は相殺されることを織り込み済みで、誘導できる弾丸にしていた。
更に。

空気の炸裂音と共にミューラが一気に加速した。
見れば、目の前にミューラが。
彼女の背後、十数メートル背後では、空気が炸裂した残滓《ざんし》。
「しまっ……!?」
ざん、と胸に衝撃。
そして鋭い痛みがアンテを襲う。
ミューラの剣が胸に根元まで食い込んでいた。
「かは……っ!」
ミューラはそのまま突進して押し倒し、地面に縫い付けた。
アンテの身体から力が抜けたのを確認し、ミューラは離れた。
やった。
倒した。
そんな感慨など浮かばない。
ただ次の剣を精霊魔術で生み出して、反撃に備えた。
「ふふふ……わらわの負けよ。これ以上戦う力はないわ」
急所を剣で貫かれたアンテだが、彼女はすがすがしい笑みを浮かべている。
どうやら満足したらしい。

はた迷惑な、話ではあるが。

「私たちの勝ち……？」

ふう、と大きく息を吐き、凛も近づいてきた。

魔力をずいぶんと使って疲労を隠せていない。

何より、一発も被弾できない、というプレッシャーが大きかった。

「ええそうよ。あなたたちのチームワークの勝利。参りました」

「あなたが倒れた以上……」

「そうね。わらわが守っていた結界の起点までの道の封鎖もなくなって、聖都ギルグラッドは元に戻るでしょう……」

アンテはごふっと血を吐いた。

「見事でした……わざわざ……こんなところまで……出向いたかいが……あった、わ……」

それを最期の言葉に、アンテは目を閉じた。

身体から力が抜け、生気も消えていく。

勝った。

どうやらそれは間違いないようだ。

勝てたのは、アンテだからこそ。

特殊能力全振りで、身体能力がそれほど高くなかったからこそだ。

これが身体の頑丈さ、タフさ、パワーなどが魔力の強さ通りだったら勝てなかったかもしれない。

「ふむ……終わったか。運が良かったな」

そう。

レミーアのその言葉に尽きる。

結局はそれを通せるようにならねば、今後同じような敵が現れた時に対処しきれない。

「あたしたちも修行をして実力を上げた自負はありますが……」

「やっぱり太一についていくには、もっとがんばらないとね」

そういうことだ。

今後も太一と共にいるなら、彼基準の敵がやってくるだろう。

太一を倒そうと思ったら生半可な雑魚《ざこ》を連れてきたって意味はない。

となれば、その敵が引き連れてくる部下も必然的に強くなるに違いない。

そう、例えばパリストールに大量に発生した紅い魔物のように。

アンテに勝ったことは確かに喜んでもいい。

しかしむしろ、三人は勝利したことで気を引き締め直しているのだった。

◇◆◇◆◇◆◇◆

「なるほど、やっぱり火竜か」

出会い頭に竜が吐いた炎をひらりと避けて、太一は納得した様子でうなずいた。

赤い鱗《うろこ》。

口から漏れる煙。

初見で火属性の竜ではないかと思ったのだが、その想定はやはり当たっていた。

「そうだ。そいつを倒せ。先程の条件でな」

太一の背後の上空。

そこではサラマンダーが腕を組んでこちらを見下ろしていた。

「ああ、分かってるよ」

攻撃はすべて回避か防御。

そのうえで、必ず三回攻撃を行い、三回目の攻撃で戦闘不能にせねばならない。

戦闘不能だ。

討伐してはいけない。

それらを、サラマンダーの力のみを使用して達成する。

そういう条件を課せられたうえでの戦い。

ぐおう、という強い音圧。

赤竜は咆哮《ほうこう》をひとつして太一に突っ込んできた。

太一は、まずは一当てという感じで受け止める。

身体強化はもちろん実施したうえでだ。

ただの魔力強化では万が一にも受け止めることはできないのは分かっているからだ。

この突進をどんな形で受け止められるかで、今後の戦い方が変わってくる。

頭から突っ込んできた赤竜を両手で受け止める。

「ぐっ……！」

衝撃が強い。

勢いを殺せず、百メートルほど後退させられた。

「はっ！」

バチンとはじいて、受け流す。

距離が離れた。

これがミィの強化であれば、間違いなく簡単に受け止められただろう。

ただ、そこまでの膂力《りょりょく》を発揮する特性ではないサラマンダーの強化だと、パワーにパワーで対抗するのは難しい。

なので今回も受け止め続けるのではなく、途中ではじいていなしたわけだ。

たん、と着地しながら、今の感触を思い返す。

「負けてるな……それに、これ飛べないのも厄介だな……」

シルフィの力も使えない現状、空を飛ぶのもNGだ。

なので地に足をつけた状態で戦わなければならない。

まあジャンプすることもできるが、それはまだタイミングではない。

ぐるる、とうなり、バサバサと翼をはばたかせながら大空を悠々と飛ぶ赤竜をうらやましく感じる。

同時に、シルフィの力で飛べていたのがどのくらい幸せだったのか、ということだ。

ともあれ。

「もともと空なんて飛べなかったんだ。むしろ、飛び道具があるだけありがたいと思わないとな……！」

ぐっと拳を握り、腰を落として構える。

剣は抜かない。

代わりに、握った拳に炎をまとわせた。

ミューラの魔術剣のように剣に炎をまとわせる方法もあるにはあるが、剣の方がついてこれまい。

「武器も、新たに考えなきゃな……っと！」

今の太一の戦いにはついてこれない武器なのだ。
などと考えていると、赤竜から炎が撃たれた。
「よっ！　ほっ！」
次々に撃たれる火球をひょいひょいと避けていく。
そして。
「次はこっちの番だ！」
右手を握って、拳を突き出す。
同じく炎の弾丸。
赤竜は少し小ばかにしたように、太一の攻撃ごと飲み込まんと火球を放つ赤竜。
しかし火球を軽く貫いた太一の弾丸を見て、赤竜は慌てて回避した。
自分の炎をまさか、打ち破って来るとは思わなかったのだろう。
彼か彼女かは分からない、興味もないが、赤竜にもそういった感情はあるようだった。
「うし、俺の火の勝ち」
当たり前である。
サラマンダーの炎が、たかだが赤竜の炎に負けるわけがない。
分かってはいた。
だが、試さずに決めつけるわけにはいかない。

ちょうど正面から撃ってきてくれたので、渡りに船だったのだ。

赤竜の炎に負けないことは分かった。

では、次はダメージが通るかどうかだが……。

「三発しか当てられないからな……」

引き続き連続して攻撃を放ってくる赤竜の炎を回避したり、時に相殺させながらつぶやく。

回数制限がなければとりあえず一当てしてみるのだが、それでは通用しない。

「とはいっても、このままじゃいつまでも終わらないからな……！」

まずは、ではなく、確信を持つための一当て。

賭《か》けになってはいけない。

なので、確実に当てられる一撃を。

一発外したら負け……というわけでもないが、一発外すとかなり苦しくなる。

さてどうするか。

やはり、相手が飛んでいるのが厄介だ。

地面に叩き落とす。

赤竜は空を飛んだまま降りてこない。

空を飛べない敵に対して、上空からひたすら遠距離攻撃を放つ。

効率的。

そして安全。

対空攻撃を避けるのは、空を飛べるならそう難しいことではない。

それは空を飛べるようになってからの太一が良く体感していることだ。

だからこそ。

地面にいて空で戦えない場合。

空が安全ではないこと。

もしくは、空からいくら攻撃しても無意味であると思わせることが速いだろうか。

なので、この場合は。

すべて叩き落とし、相手に上空から撃っているだけでは絶対に勝てないと思わせること。

そして、戦闘のステージを空中オンリーじゃなくすることだ。

「そうと決まれば話は早いな！」

圧倒して相手を慄《おのの》かせるわけにはいかない。

先だって打ち破ったのは、そう何度もできるわけではない、ということも示さねば。

それで相手をビビらせて、より距離を詰めることをためらわせてしまっては意味がない。

赤竜が放つ火球を、次々と火炎弾を放って打ち消していく。

押し返すこともなく、押し負けることもなく、完全にその場での相殺だ。

「ガアッ！」

自分の火球がそうして無効化されていることに、赤竜は苛立《いらだ》った声をあげた。

そして、更に弾幕を分厚くした。

打ち消されるなら、物理的に打ち消せないほどの数を。

そういう目論見《もくろみ》なのだろう。

もう少しだ。

後少しで、しびれを切らさせることができる。

「まだまだぁ！」

弾幕が大体五割増しになった。

このくらいなら全然。

加減を覚えている最中なので、力の入れ具合を間違うかもしれない、という意味では繊細さはより求められるようになったが。

魔力、威力という意味では全く問題はない。

ただ、わざわざ相手にそれを教える必要はない。

適度に厄介で面倒だ、とっとと終わらせようか。

そう思ってもらう方が、太一にとっては戦いやすい。

「グルー」

せっかく弾数を増やしたのに、それもすべて対処されて。
もちろん、赤竜から見れば、多少苦しそうではあったものの。
それでも十分に対処されてしまっているように見えていた。
このままでは埒《らち》が明かない……そう、赤竜が思っても仕方のないことだった。
そしてそれは、太一の狙い通り。
「来たな」
ついに赤竜は空中にばかりいるのを止めたようだ。
高度を下げ、滑空しながら太一に向けて突進してきている。
ここからが本番。
むしろ、この瞬間にこそ緊張が高まる。
失敗すればより面倒なことになってしまう。
一発で、成功させる必要があった。
まだだ。
ここで発動しては、警戒される。
再び力比べをするのだと勘違いさせるため、太一は腰を落として待ち構える。
赤竜はスピードに特徴がある竜種ではない。
どちらかというと火力、攻撃力が高い種だ。

とはいえそれは、他の生き物と比べての話。

生物としては一段上に存在している竜種の基礎スペック。いかに優れていようと生物が太刀打ちできるはずがない。

つまり。

もう赤竜は目と鼻の先。

一瞬で太一のもとまで来ていた。

そう、ここだ。

太一は身をひるがえしながら、腕に沿って炎を剣の形に形成。

赤竜の身体は巨大。

なので、目標としていた翼も巨大だった。

目に入った瞬間、太一は剣を一気に数メートルにもなる長さに伸ばし――

すれ違いざま、赤竜の右翼を切り飛ばした。

「グギャアア！」

赤竜の質量とパワーによる突進だ。

推進力など減るはずがない。

そのうえで片翼を切り飛ばされてバランスを失ってしまえば、もはや体勢を整えることさえ一苦労どころの話ではなかった。

血と苦悶《くもん》の叫び声をまき散らしながら、赤竜は転がっていった。

「グウ……」

赤竜は恨めしそうに太一をにらんだ。

攻撃を通されたどころか、地面に叩き落とされたことでプライドを傷つけられ。

頑強な竜の身体に傷をつけられたという事実よりも、そちらの怒りの方が強いのだろう。

生まれながらに強者であった竜。

幼体のころから大抵の生物より強かった。

基準値の桁《けた》が違うのだから当然のこと。

そんな竜のプライドが高くなるのは当たり前の帰結で。

大空をほしいままとするのが当然であって。

地に叩き落とされるなど、許せるものではなかった。

「まずは一発だな」

サラマンダーがそう口にした。

ずっと同じ場所に浮いているが、ドラゴンには見えていないらしい。

さすがは高次元の存在だ。

ともあれ、これで第一段階はクリアだ。

順調、と言ってもいいだろう。

さて。

残り二発のうちに戦闘不能にせねばならない。

殺さずに、だ。

暴れる余地を残してはならない。

戦闘力をなくすというのはそういうこと。

やけっぱちになってどたんばたんと地団駄を踏むだけで攻撃になる。

竜の巨体とパワーだから、当然だ。

どうする？

「ギャアアア‼」

怒りの咆哮《ほうこう》と共に赤竜が突進を開始した。

速い。

さすがドラゴン。

空に生きるというのに、飛べなくなってもこの脚力だ。

一方迎え撃つ太一の方は、この攻撃にも細心の注意を払っての対応が必要になる。

シルフィ、ミィ、ウンディーネの力が使える状態なら、突進の直撃をまともに受けてもダメージなどないが。

今はサラマンダーの力しか使えないので、ノーダメージで切り抜けられるかは分からない。

まあ、大したダメージにはならないだろうが。
なので命の危険という意味ではそこまで気張らなければいけないことはない。
ただ、この戦いに限っては気合を入れて戦わなければならない。
一発でも直撃したら終わりだ。
太一の負け。
試練も失敗。
そんな結果に終わったらたまったものではない。
ここまで来たら、もう突進をいなす、なんて真似はしなくてもいい。
別に難しいわけじゃあない。
とはいえ、失敗する可能性はゼロではない。
ならば、リスクを減らそうと動くのは当然である。
「これはどうだ!?」
どん！
と衝撃波。
そして地面から噴きあがる炎の壁。
先程翼を切り飛ばした感触から、威力を加減した炎の壁だ。
しゃらくさい、と言わんばかりに、赤竜は構わず突っ込んでいった。

しかし。

「そんな無防備で、いいのかよ？」

太一は思わずにっと笑った。

赤竜の身体からは黒煙がぷすぷすとくゆっていた。

ところどころ、焦げ付いている。

炎に強いはずの、赤竜の鱗《うろこ》が、だ。

信じられないという顔をしている赤竜。

その速度も衰えている。

「二発目だぞ」

サラマンダーの声が耳に届く。

予想していた。

防御技だが、ダメージを与えた以上、攻撃と換算されることは。

「分かってるって！」

太一は思い切り地面を蹴った。

少し勢いがそがれた。

それで十分だった。

「これで終わりだ！」

太一は顎《あご》の下に潜り込み、拳を突き上げた。

鈍い重低音。

跳ね上げられた顎。

赤竜はそのままぐらりと崩れ、倒れた。

太一はすぐに距離を取り、赤竜が何をしてきても対処できるように構えた。

（起きるな……起きてくるなよ？）

これで失敗していたら、太一の試練は失敗だ。

隙さえ作りだせれば。

そしてあの一撃を打ち込めれば勝てるだろう。

そんな目論見《もくろみ》だったのだが、どうだろうか。

「マジか……」

ぐぐ、と赤竜が身体を起こそうとしたのだ。

ずいぶんと足に来ているのだろう、プルプルと震える前足で身体を支えようとしている。

そのまま寝ていろ――太一の願いは、叶わない。かに見えた。

ずず……ん……。

しかし。

そこまで。

赤竜の足から力が抜け、地面に伏した。

まさかは起こるもの、たとえ試験失敗になろうとも、油断して反撃を受けるなんて無様な真似は見せられない。

太一は構えたまま赤竜の動きを観察していた。

「脅かすなよ……」

それからしばらくして、赤竜が気を失ったことを確認し、太一はサラマンダーを見た。

「ふむ……」

彼女はふわりと降りてきた。

そして赤竜の様子を改めてちらりと見て。

「おし、無事合格だ」

と、お墨付きをもらえたのだった。

太一は、ふう、と安堵《あんど》のため息をついた。

試練の達成率はまあまあると踏んでいた。

少なくとも低くはないと思っていた。

とはいえ、高くはあるものの、確実に成功する試練ではなかった。

なので成功したので一安心だ。

「さて、じゃあ……」

太一は顔をあげてサラマンダーを見た。

「ああ。オレはお前と契約するぜ」

達成だ。

この言葉を、待っていた。

サラマンダーとの契約。

契約には特別なものは存在しない。

「これからよろしく頼むよ」

「ああ。長いからな。オレのことは好きに呼んでくれ」

「分かった。じゃあ、サラ、とでも」

「それでいいぜ」

契約は一瞬。

苦労はしたのだが、それに比べてあっさりとしている。

だが今更だ。

ミィやディーネと契約する時もそうだった。

「もう、解禁していいんだよな？」

「ああ。好きに使え」

「分かった」

ふわり、と空に浮かぶ。

「さて、聖都はあっちか……」

太一は風をまとって力を溜める。

一路ギルグラッドへ。

これまではシルフィに任せっきりだった部分を自分でやってみる。

どれだけ精密な制御をしなければならないのか、自分でやることで改めて分かる。

そして、より風の力への理解が及んだ気がした。

エレメンタルの力は、常人にとっては暴れ馬もいいところ。

それを自分で整えるのはかなりの苦労を要するが……。

でも、できないことはない。

これまでも全くやってこなかったわけではない。

ただ、大部分がまかせっきりだったのは事実。

それを出来る範囲とはいえ自分でもやるのだから、大変でないわけがない。

「でも、できる」

そう、できる。

できることが拡がった。

だから。

一気に加速して飛んでいく。

これまでよりも速度を出しやすくなった。

これなら最高速度も更新できそうだ。

あっという間に聖都ギルグラッド上空までたどり着いた。

馬車など比較にならない。

音までは超えなかったので、大体旅客機くらいのスピードだっただろうか。

以前は音を超えるにはそれなりの苦労を要したのだが、今は音を超えるだけなら苦労しなさそうである。

街の外には凛、ミューラ、レミーア。

肉眼だと三人の姿は豆粒ほどにしか見えないが、彼女たちがこっちを見ているのは分かる。

街中はそれなりに被害が出ているようだ。

しかし、こちらでもパリストールと同様に街中での魔物との戦闘があったのは間違いない。

こちらの様子を探ることはなんとなくしかできなかったが、アンテのような強力な敵がいて、魔物も街中に現れて。

それでなおこの被害なら、十分抗った方だろう。

少し行ったところにシャルロットたちもいる。

どうやら無事だったらしい。

結構派手な戦いになったようだが、五体満足でいるようだ。

もちろん騎士にはそれなりに怪我《けが》人や被害は出ているものの、彼らにとっては、守るべき主君を守っての負傷は名誉の傷だ。

「ふむ……んで……」

街をぐるりと見渡して。

走査する。

「見つけた」

ここから逃げている者の姿を。

間違いなく、その者の意識は太一に向いている。

今ここで、太一の姿を見て逃げているのはその人物のみ。

魔力はそれなりに発しているが、別に威圧は一切していない。

魔力を感知できる人間には「それなりに大きな魔力だ」くらいにしか思わず、魔力を感知できない人間はそもそも気づきはしない。

なので、逃げているということは……。

太一はそこから移動する。

速すぎて、かき消えるように見えたのだが、当人はそこまで意識はしていなかった。

「そういうことだよな」

その人物が逃げていく行き先をふさぐように、太一は降り立った。

「……くっ」

そう、逃げていたのはマルチェロだった。

太一がギルグラッドに近づいてくることに気付いて逃げ始めたマルチェロだったが、遅かったということ。

「逃げられると思うなよ」

「……そうですね。やはり、逃げるのは不可能でしたね」

マルチェロは両手をあげた。

一見潔く見えるが、どんな手を持っているのか分かったものではない。

よって。

太一が指をパチンと鳴らすと、地面から土がせり上がって両手両足を拘束《こうそく》した。

ついでに口もふさいでおく。

「よし、行くか」

マルチェロを右手で担ぎ上げて歩いていく。

もう有無も言わせない。

シャルロットの居場所を探知しながら歩いて。

「見つけた」

現れた太一に聖騎士たちは一瞬警戒したものの、シャルロットの口利きで彼らは警戒を解いた。

「無事に試練は終わったようですね」

「終わりました。殿下も無事だったんですね」

「ええ。それでその者は……」

「俺がこの街に来た時に、唯一逃げている気配の持ち主だったんで、とりあえずとっ捕まえてきました」

「そうですか、お手柄ですね」

「大したことじゃないですよ」

と言いながら、太一は担いでいたマルチェロを地面に落とした。

どさりと落ち、ふさがれている口からくぐもった苦悶《くもん》の声が漏れた。

太一はマルチェロを知らなかったが、明らかに怪しい人物で「逃げられない」とあきらめた経緯から、彼が犯人であると状況証拠で捕獲した。

「多分こいつじゃないかと思うんだよな。後は頼むよ」

「うむ。引き受けた。協力感謝する」

聖騎士団団長は太一からマルチェロを引き取った。

不躾《ぶしつけ》ではある。

しかし、彼は気付いていた。

空を飛んで街にやってきて、その後消え。

そしてこの男を担いでやってきた人物であることを。

そして何より、シャルロットが直答を許すどころか親し気に話している時点で、エリステイン魔法王国で王族の覚えもいいことを。

彼女が連れまわしていた護衛であるという冒険者の仲間であろう、と。

「その枷《かせ》は後一〇分もしたら勝手に解除されるんで、牢屋にぶち込んでおけばいいと思うぞ」

「丁寧な説明痛み入る。……おい、連れていけ」

「はっ！」

マルチェロを部下に任せ、団長は頭を下げた。

彼に対しては、貴族だと思うくらいできっとちょうどいいだろう。

ただの冒険者であってもだ。

「終わり、ですね」

シャルロットがぽつりとつぶやいた。

気付けば、紫色の結界もなくなり、青空が広がっていた。

どうやら結界も破壊されたらしい。

大聖堂を覆っていた結界もなくなっている。

聖都ギルグラッドは救われたらしい。

「太一！」

「おう」

凛、ミューラ、そしてレミーアが戻ってきた。

彼女たちも、無事に敵を退けたようだ。

「試練は終わったの？」

「ああ、無事に終わったよ」

太一は指先に火を生み出す。

それを見て感嘆の息を漏らすのはエリステイン側。

それがどうした？　と疑問を隠せないのはクエルタ聖教国側。

太一が火を生み出す。

それが何を意味するのか。

分かる者にとっては非常に大きな意味を持つし、分からない者にとってはただ初心者が使う火の魔術に過ぎない。

「そっちも無事に倒したみたいだな」

「ええ、強敵だったわ」

アンテのことは、ドナゴ火山にいた太一もその存在を把握していた。

相当な強敵であることは分かっていた。

だが、再会してみれば五体満足。

怪我《けが》らしい怪我もしていない。

それが何よりも朗報だ。

「お互い、無事に成し遂げられて何よりだな」

そう、結局はそれに尽きる。

本来の目的、太一の最後のエレメンタルとの契約が無事に終わり。

そして、太一たちが来たことにより起きたパリストールとギルグラッドでの一連の事件も無事に解決した。

これ以上の成果はない、と言えるだろう。

エピローグ

上々。

酒精がうまい。

「ふふふ……」

いつも飲んでいる極上の一品ではあるのだが、飲みなれてしまってその味が当然になってしまっていたシェイド。

しかし今日はその味がことさら旨《うま》く感じる。

香りも良し。

鼻に届くアロマのように、ふわりとしたさわやかなハーブの香りがとても良い。

ここまで鮮明に感じることがあっただろうか。

どれもこれも、今回のことがいい結果に終わったからだ。

酒が旨い……そう感じるくらいの成功だった。

こちらからの干渉は当初の予定のうち、最低限で終わった。

太一はもちろん、凜、ミューラ、レミーアも望外の奮闘を見せた。

ここで彼ら彼女らを失うというのはシェイド的にもありえなかったので、行くところまで行ったら干渉も厭《いと》うつもりはなかった。

しかし結果を見れば、干渉は最低限。

十分満足できる結果だった。

「うまくいったようで何よりだよ」

「はっ、ご期待にそえたようで何よりでございました」

「うん、君もよくやってくれたね」

「ありがたき幸せ」

アルガティは深々と頭を下げた。

空中に投影されている映像を見て、シェイドはうんうんと二度うなずいた。

「少年は無事にサラマンダーと契約して、更には制御も他人任せにしないということを覚えた……」

「そして、あの娘たちは皆、自分よりも格上の敵と戦い、無事に勝利を収めました」

太一が得たその知見とサラマンダーに課せられた試練の数々。

あれをもとに鍛えていけば、太一の実力はさらに上がっていくだろう。

正直これまでは暴れ牛を無理やり押さえつけてやっていたのを、これからは自分の意志で暴れ牛を制御して乗りこなしていくことになるだろう。

一方の凛、ミューラ、レミーアの三人。

こちらは格上と激突し、一発も被弾できないというプレッシャーの中で見事に立ち回って倒してみせた。

十分すぎるというものだ。

本人たちは気付いていないが、あのアンテを三人が倒すには、精霊魔術のより洗練した行使が必要だった。

彼女たちは戦いのさなか、成長し、強くなったのだ。

本人たちは気付いていないだろうが。

それは太一と変わらない。

いやむしろ、伸び代としては三人の方が大きい。

本人たちが自分の成長に気付くのはいつだろうか。

その時のリアクションが楽しみである。

「今後もこの調子で、成長してくれたらいいけれどね」

「ご要望とあらば、また何か計画を立案いたしますが」

「そうだね。必要だったらやってもらおうか」

「はっ」

今はこの旨《うま》い酒が味わえるようになった。

それで十分だ。

劇的な成長をしたといえるが、まだまだ伸びるだろうこともいいニュースだ。

この一連の、セルティアからの刺客を利用した太一、凛、ミューラ、レミーアの成長のための試練は、成功裏に終わった。

それなりに犠牲も出たが、必要な犠牲である。

シェイドの認識からすればそれ以上でもそれ以下でもない。

世界を奪われてもいいのか、ということだ。

犠牲になった者やその関係者から見れば納得はいかないだろうが、シェイドがそれを気にすることはないのだった。

◇◆◇◆◇◆◇◆

さわやかなそよ風が吹く草原のど真ん中。

草と木が綺麗だった草原は、土がむき出しになっていたり、何かで溶かされたりしてぼこぼこになっていた。

そこには、男が一人。

「ふん、派手にやられたな」

誰もいないその場所で、その男はそうつぶやいた。

ローブを深く着込んでおりその人相は知れないが、声は男のものだった。

誰が応えるのか。

見ている者がいればそう思っただろうが。

「ええ、全く。見事に負けたわ」

答える者はいた。

むくりと起き出したのは、ミューラの剣を受けて倒れたはずのアンテだった。

「お前を倒すとは、ずいぶんとやるようだな」

男は心より感嘆した、という声色で言った。

「楽しかったわ。まさかわらわをこうして倒せる人間がいるなんてね」

アンテは満足した様子でくつくつと笑う。

先の凛たちとの戦闘を、本当に心から楽しんでいたからこその反応だ。

「ほう、それは楽しみだな。いずれ相まみえるときが待ち遠しいな」

「そうね。でも、わらわの相手よ。横取りは感心しないわ」

「一人で独占するのも無体だとは思わんのか？」

「思わないわ。やりたければわらわが返り討ちにあってから、思う存分やりなさいな」

「ふん、返り討ち前提とはな」

「三対一では確実にそうなるでしょうね。でも、一対一なら分からないわ」

その尊大な口調と態度に反するように、戦力分析はいっそ謙虚ともいえるほどだ。

強い者に対する敬意がにじみ出ていた。

「まあいい。先に戦ったのはお前だからな。面子を潰さないと約束するさ」

「それでいいのよ」

「さあ、帰ろうか」

そう言って、男が手を差し出す。

アンテはその手を取って、よいしょ、とでもいうように立ち上がった。

膝《ひざ》が少し笑っており、力が出ないようだ。

「あー、負けるとこうなるから嫌なのよね」

「負けたのはいつぶりだ？　その感覚は久しかろう」

「もう覚えてないわ……」

男はアンテに肩を貸し。

アンテは遠慮なく肩を借り。

そんな雑談をしながら、二人は地平線のかなた目指してどこへともなく歩いて行った。

しばらくして、歩いていたはずの二人の姿は消えていた。

その歩く速度では、決して遠くまで、行けなかったはずなのに。

◇◆◇◆◇◆◇◆

「こたびの活躍、実に見事であった」

ペドロは安堵《あんど》の表情で言った。

少しやつれており、大聖堂に閉じ込められて何もできなかったというのは、彼の精神にもいくらかのダメージを与えたようだった。

「恐れ入ります」

「ひいてはクエルタ聖教国として正式に表明をさせていただこう。貴国を通じ、必ずや御礼をいたす」

「猊下《げいか》の御心のままに」

この会話は、当然ながら事前の打ち合わせの通り。

シャルロットは、この場で報酬は決めない、国同士で話し合ってほしい、ということを伝えた。

今ここで多額の金銭を払ったりしなくてよくなったクエルタ聖教国は二つ返事でうなずいたわけだ。

シャルロットとしても、今後はクエルタ聖教国を味方につけたい。

そのためにはこの災害の復興にまずは注力して欲しかった。

その財源を奪っては、クエルタ聖教国の国力の回復は遅れてしまう。

なので、そこは国同士の交渉で……ということで長引かせ、その間に復興してもらう、という腹積もりだ。

当然その意図を汲《く》むであろうクエルタ聖教国は必死に復興するだろうし、エリステイン魔法王国もダラダラと交渉をする。

エリステインの交渉役にはシャルロットの息がかかった者を用意させるので、長引くのも出来レースというわけだ。

もっとも、これで報酬、御礼をもらわないのもそれはそれで両国のメンツが傷つくので、そこが面倒な話ではある。

が、そこはシャルロットが深く考えることではない。

実務方面はそれが得意なものにやってもらえばいいのだから。

「ふう……」

謁見が終わって堅苦しい場所から解放され、太一は伸びをした。

ああいうところにも慣れてはきたものの、それが好きかどうかは別問題。

それは凛も同じで、手を組んで前に伸ばしながら「ん～～……」と身体をほぐしている。

「さて、帰国の準備と参りましょう」

もともとの目的は達成した。

結果論ではあるが、クエルタ聖教国に恩も売れた。

犠牲が出たことは痛ましいが、為政者としてはそれにも目をつむる度量が必要だ。

大のために小を切り捨てる——これはどこでも起きていることである。

今日日《きょうび》珍しい話でもなんでもなかった。

これが国王ジルマールであればもっと割り切ってみせるのだろう。

割り切れないところが、シャルロットの為政者としての器の限界でもあった。

「そうさな。もう、この国にいる必要はないからな」

目的を達した以上、ここにいなくてもよい。

ならばまずは帰国して、次に向けて備えねばならないのだ。

「テスラン。帰国の準備を手配しなさい」

「御意」

テスランは数名の部下に命令を出した。

彼らが出立の準備を行うのだろう。

もっとも今命令を出して数時間後に出ねばならない、というほど逼迫《ひっぱく》はしていない。

準備をしている間、ゆっくりと休んでいればいいのだ。

「おや、帰るのですか」

ふと背中にかけられた声。

振り返ると。

そこにはカシムがいた。

当然彼だけではなくグラミも。

ロドラはいないようだが、まあ、どこぞでなにかしらをしているのだろう。

「なんだ、こっちに来たのか」

「ええ、向こうでできることも終わりましたしね」

「私らの本拠地も、本来はこっちなんだよ」

なるほど、こちらに来た、のではなく、帰ってきた、ということか。

「次に会う時を楽しみにしていますよ」

カシムは別に何かを言うでもなく、背を向ける。

「腕ぇ磨いとけよ」

それはグラミも同様だった。

「また会うだろうからな」

太一はそう小さくつぶやく。

聞こえていなくてもいい。

別れの挨拶《あいさつ》ともいえない淡泊なやり取りだったが、それで良かった。
別になれ合う相手ではない。
今回はたまたま共闘しただけ。
陣営が同じであるだけ。
仲良しこよしする必要はない。
そんな間柄は、似合わない。
ただ分かっていることは。
いずれまた会い。
そして、戦場を共にするだろう、ということだった――

〈『異世界チート魔術師 16』へつづく〉

付録　国王の思案

「ううむ……」

ジルマールは頭を抱えた。

まさかここまでうまくいかないとは。

国王の執務室には、二通の親書。

ガルゲン帝国の皇帝メキルドラからのもの。

そして、シカトリス皇国のイルージアからのもの。

どちらも、書いてあるのは同じこと。

要は「どこもそれぞれの国で問題を抱えており、それどころではない可能性がある」とのことだった。

「余が送ったものも大して変わらぬしな」

ため息が漏れる。仕方なし、だ。

「芳しくありませんな」

「うむ……。このようなことでつまずいている余裕はないのだがな……」

壮健でまだまだ現役バリバリであるジルマールだが、少々疲れを隠せない様子だ。

近くで様子を見ていた側近は、主君の顔色の変化に気付いた。

しかしそれでも、休め、とは言えない。

今はそれどころではないのだ。

「しかし、続けねばな」

「そうですな」

ジルマールが取り組んでいるのは、各国の調査だ。

今後起きる、世界からの侵略。

それに対抗することができる国がどれだけあるのか、という調査である。

シカトリス皇国、ガルゲン帝国とも協力して調査を進めているが、問題のない国など存在しない。

とはいえそれは当然。

順風満帆。何も一切問題なし。

すべてが順調に回っている、などありえない。

自らが国を運営しているからこそ分かる。

困難を極めることだし、実現を目指すものの、実際にうまく行くことなどそうそうない。

だから、出来る限り目指していく、というレベルのものである。

とはいえ。

「それが、国家運営が精いっぱいとなると、なかなかな」

本当に頭が痛い。

そんな暇はないのだが。

実際にこの侵略のことを知っているのはごく少数。

具体的には、三大大国と言われるガルゲン帝国、シカトリス皇国、そしてここエリステイン魔法王国だけ。

他の国で知っているところなどない。

それ以外の国でこの三国に比肩しうる国は存在しない。

でなければ、三大大国、などという大仰な名前で呼称されたりはしないのだ。

「陛下。トウの国の調査結果も上がりました。結論から申し上げますと、自国の力のみで、向こう数年以内に外敵からの侵略に対応できるようになるのは難しそうである、とのことです」

「そうか……」

トウの国の大きさはそこまででもない。

しかし国民の気質が武闘派であり、戦力としてひそかに期待していた国の一つだ。

そこが動けないとなるとかなり困る。

「トウの国をはじめ、手間をかけてでも、わが国で手助けをする必要があるのではないかと、愚考いたします」

「そうさな……」

側近の言葉はごもっともだった。

もういっそ、こちらから手を出すのはどうだろうか、と。

ジルマールも思い始めていた。

エリステイン魔法王国であれば、いくら武闘派であるトウの国といえども逆らうのは難しい。

とはいえ、頭越しに命令するのでは反発も生まれよう。

未曾有《みぞう》の大災害が待っているかもしれない。

とはいえ、その大災害を乗り切った後のことも考えるのが為政者というもの。

まず、目の前の大災害を乗り切らねば、後のこと等は絵に描いた餅。

それはその通り。ぐうの音も出ない正論である。

しかし、それだけではいけない。

大災害を乗り切ったら、悪化した関係が残っていました、ではうまくない。

「トウの国との関係悪化は是非とも避けたいところだ」

「はっ、おっしゃるとおりでございます」

ジルマールの言葉に、側近は頭を下げて応じた。

彼は執政官として優秀だ。

まだまだ若いが、将来の宰相候補の一人として将来を目されている一人。

その彼がそう言うのだから、ジルマールは自分の感覚が正しいと確信した。

「よし。では、トウの国以外にも、国内の問題が解決さえすれば……そう思った国を列挙せよ」

「では……？」

「うむ。我が国で、その問題の解決に協力しよう」

「承知いたしました。では一両日中に、すべて完結させご報告申し上げます」

「ああ」

側近の彼は今決まったことを、自分の従者に告げにいき、少しして戻ってきた。

「我が国はこの方針で行く。皇帝とあの女狐も遅かれ早かれ同じことを始めるであろう」

「おっしゃる通りかと」

メキルドラもイルージアも、非常に優秀な王だ。

ジルマールとて、彼らと争うのは是が非でも避けたいと思うほどに。

救いは、メキルドラ、イルージアの両名もまた、ジルマールとは争いたくない、と思っているということか。

「して陛下。どのように解決いたしますか？」

「彼らに頼もう」

誰、とは言わなかった。

言う必要などない。

この優秀な側近であれば、察するだろうから。

現にほら。

彼はピンと来た顔をしている。

「なるほど、しかし、ということは……」

「うむ。力任せの荒療治にはなるだろうな」

無論、その荒療治をするにあたって、書状は用意する。

その戦闘力、並ぶ者なし。

ゆえにそういった方面であれば無類の活躍をするであろう、と。

根回し、政治で解決しない問題を抱えている国というのは、思った以上に少なくはない。

エリスティン魔法王国とて、昨年解決した問題は結局内戦という形になったのだ。

そこで物を言うのは武力。

それですっきり解決できれば文句はなし。

ただその武力での解決には、多大な犠牲がつきもの。

それも、実被害だ。

人的資源しかり、物的資源しかり、金銭的資源しかり。

相当な負荷が国に生じる。

その被害を減らすのに最も効果的なのは、とびぬけた戦闘力を持つ者の参入である。

「しかし、やる意味はございますね」

「ああ、そうでなくては困るがな」

「確かに」

ジルマールは少し黙考する。

そうとなれば、今のうちに大雑把《おおざっぱ》な方針を決めてしまうのだ。

後で細部は調整すればいい。

大枠さえ決まっていれば、各方面が動きやすくなるというもの。

「シャルロットには予の名代を務めてもらおう」

「なるほど」

理にかなっている。

王女ということで格も文句なし。

三大大国の王族を無碍《むげ》にできる国はない。

シカトリス皇国、ガルゲン帝国が相手であっても通用する名代だ。

十分すぎる人選だ。

「それに、彼の者たちとも十分に友好関係が築けておりますな」

「そうだ。我が国に属する者のなかでは随一であろうな」

彼らと仲も良い。

この度でさらに気心が知れた関係になっているだろう。

ここは希望的観測ではあるが、そうなっていることは想像に難くない。

問題解決には武力介入が良さそうな国を選出するようにする。

「では、その方向で調整いたします」

骨子は固まった。

後は、これに向けて微調整をするだけだ。

「では頼むぞ」

「はっ！」

側近は気合の入った声を出し、仕事に取り組んでいく。

この案でだいぶ光明が見えてきた。

刻一刻と近づいてくる大戦。

準備を、一つずつ進めていく。

ヒーロー文庫

異世界《いせかい》チート魔術師《マジシャン》 15

内田《うちだ》 健《たける》

2021年11月10日 第1刷発行

発行者 前田起也

発行所 株式会社 主婦の友インフォス
〒101-0052 東京都千代田区神田小川町 3-3
電話／03-6273-7850（編集）

発売元 株式会社 主婦の友社
〒141-0021
東京都品川区上大崎 3-1-1 目黒セントラルスクエア
電話／03-5280-7551（販売）

印刷所 大日本印刷株式会社

ISBN 978-4-07-449711-9